〖中华诗词存稿·名家专辑〗
中华诗词学会 编

杨逸明诗词集

飞瀑集

杨逸明 著

中国书籍出版社
China Book Press

图书在版编目（CIP）数据

杨逸明诗词集·飞瀑集/杨逸明著. -- 北京：中国书籍出版社，2019.11

（中华诗词存稿）

ISBN 978-7-5068-7528-8

Ⅰ.①杨… Ⅱ.①杨… Ⅲ.①诗词—作品集—中国—当代 Ⅳ.①I227

中国版本图书馆 CIP 数据核字 (2019) 第 248596 号

杨逸明诗词集·飞瀑集

杨逸明 著

责任编辑	李国永
责任印制	孙马飞　马 芝
封面设计	采薇阁
出版发行	中国书籍出版社
地　　址	北京市丰台区三路居路 97 号（邮编：100073）
电　　话	（010）52257143（总编室）（010）52257140（发行部）
电子邮箱	eo@chinabp.com.cn
经　　销	全国新华书店
印　　刷	北京虎彩文化传播有限公司
开　　本	710 毫米 × 1000 毫米 1/16
字　　数	200 千字
印　　张	15.5
版　　次	2019 年 11 月第 1 版　2019 年 11 月第 1 次印刷
书　　号	ISBN 978-7-5068-7528-8
定　　价	598.00 元（全 2 册）

版权所有　翻印必究

《中华诗词存稿》编委会名单

顾　　问： 郑欣淼　郑伯农　刘　征　沈　鹏
　　　　　　葉嘉莹

编　　委：（按姓氏笔画排序）
　　　　　　丁国成　王　强　王改正　王德虎
　　　　　　刘庆霖　吕梁松　李一信　李文朝
　　　　　　李树喜　陈文玲　张桂兴　范诗银
　　　　　　欧阳鹤　杨金亭　林　峰　罗　辉
　　　　　　周兴俊　周笃文　宣奉华　赵永生
　　　　　　赵京战　钱志熙　晨　崧　梁　东
　　　　　　雍文华

主　　任： 范诗银

副 主 任： 林　峰　刘庆霖

执行主编： 吕梁松　王　强　李伟成

秘　　书： 李葆国

作者简介

杨逸明，1948年8月出生于上海，祖籍江苏无锡，上海师范大学中文系毕业。当过工人、教师、干部。曾任第二、三届中华诗词学会副会长，中华诗词学会网副总编辑，《中国诗词年鉴》副主编，第三、四届上海诗词学会秘书长、第三、四、五届上海诗词学会副会长，《上海诗词》主编。现为中国作家协会会员，上海市作协会员，中华诗词学会顾问，上海诗词学会顾问，全球汉诗总会副会长。已出版诗词选集有《飞瀑集》《新风集·杨逸明卷》《古韵新风·杨逸明作品集》《路石集·杨逸明卷》等。

总　序

　　我们这个诗歌大国有一个很好的传统，历来注重"采诗"、搜集整理诗歌材料。作为唯一的全国性诗词组织的中华诗词学会，自1987年5月成立以来，就十分重视这项工作。学会每年的学术研讨会和历届"华夏诗词奖"，都出版论文集和获奖作品集。纪念学会成立二十年、三十年时，还专门编辑出版了《大事记》《论文选集》《诗词选集》。《中华诗词》创刊以来，每年都制作年度合订本。2007年5月，在北京天识东方文化艺术传播有限公司的资助下，以近代以来诗词创作、诗词理论、诗词运动重要文献汇编，当代名家个人作品专集等为主要内容，出版了《中华诗词文库》。经过十来年的编辑整理，已经出了近百卷。这些诗集、文集的出版，记录了近百年来尤其是改革开放四十多年来，中华诗词从起步、复苏走向复兴的砥砺前行的历程，为近、当代诗歌史的撰写准备了丰富的资料。

　　党的十八大以来，中华民族优秀传统文化重新受到应有的重视。习近平总书记《念奴娇·追思焦裕禄》词和《军民情》七律的相继发表，引领中华大地诗潮滚滚而来。《中共中央关于繁荣发展社会主义文艺的意见》和中办、国办《关于实施中华优秀传统文化传承发展工程的意见》，都明确提出"加强对中华诗词、音乐舞蹈、书法绘画、曲艺杂技和历史文化纪录片、动画片、出版物等的扶持。"国家教育部组织制定由中华诗词学会起草的新中国语言体系中的新韵书《中华通韵》已经通过国家语言文字工作委员会语言文字规范标准审定委员会审定，即将颁布全国试行。这些都使我们真切地感受到，中华诗词的春天真的到来了。诗人们乘着骀荡春风，正以高昂的激情，书写着中华民族伟大复兴的新时代、新史诗，国家富强、民族振兴、人民幸福的中国梦；正以与人民同呼吸、共命运的诗人之心，对人民的欢乐、人民的忧患、人民的情怀给以诗意的表达；正以"美"或"刺"的诗人之笔，对市场经济大潮中人民对幸福生活的期待，对美好未来的希望，对假丑恶的深恶痛绝，或给以方向，或给以赞美，或给以鞭挞。正如习近平总书记所指出的："好的文艺作品就应该像蓝天上的阳光、春季里的清风一样，能够启迪思想、温润心灵、陶冶人生，能够扫除颓废萎靡之风。"

当前，传统诗词创作者和诗词爱好者队伍发展迅速，已超过三百万。每天创作的诗词作品超过唐诗、宋词、元曲的总和。诗词评论研究队伍也成长很快，诗词评论、诗词学、诗词创作理论研究成果丰硕。如何从浩如烟海的诗词作品中"淘"出优秀作品，并使之存下来、传下去，如何使诗词研究理论成果"面世"并发挥应有的指导作用，确实是摆在我们面前的无可回避的一个重要课题。中华诗词学会是一个没有国家编制，没有国家拨款的社会团体，事业的运转主要靠社会赞助和会员费支撑。俊识（北京）文化传媒有限公司总经理吕梁松、北京采薇阁总经理王强，两位一直是对中华传统文化情有独钟的热心人，慷慨解囊，愿意同中华诗词学会一起，搜集整理编辑推出《中华诗词存稿》这套书，共同为中华诗词文化的继承和发展，做成这件十分有意义的事情。

《中华诗词存稿》主要搜集整理出版三部分内容的资料：一是当代诗词名家的个人作品集；二是当代诗词评论家、诗词学者的学术著作集；三是当代诗词作品、诗词理论学术成果阶段性、专题性、地域性的集成类作品集。诗词作品强调精品意识，沙里淘金，把"有筋骨、有道德、有温度"的优秀诗词作品搜集起来。诗词评论、研究类资料强调理论性和创新性，应具有鲜明的个性特点，具有创建性的见解。集成类的资料应有一定的史料保存价值。总之，做成一套具有当代价值和历史意义的好书。在此，我们编委会人员，向提供资料、筛选编辑、版面设计、校对勘误，包括所有为这套资料付出辛勤劳动的同志们，表示真诚的谢意！

郑欣淼
二○一九年七月于北京

代序:"寻常作料奇滋味"

——读杨逸明诗,戏谈

不敢庄谈,因名"戏谈"。戏谈者,一来可以掩盖我的浅陋,只能乱弹琴;二来可以避开老生常谈,谈点愚者一得之见。

先戏谈诗。

要诗中有我,有我才有情,才可以抒一己之情,抒大我(广大人民)之情,才能与时代同呼吸。无我,则情无所附丽,赵秋谷讥笑王渔洋"诗中无人",无人就是无我,渔洋诗自有其存在价值,但无人终是一病。

诗人应有一颗最敏感的心,"一叶知秋"是敏感。"冬天来了,春天还会远吗?"(雪莱诗句)是敏感。洞察人情世态,揭示心灵奥秘,也是敏感。能辨别立意、选辞的细微得失,甚至辨别每个字的音色轻重,也靠敏感力。有此敏感力,则灵感与悟性俱来,才能产生好诗,才能显示诗的魅力。

诗道广大,诗的方方面面多得很,这里为了谈杨诗的需要,只谈这两点。

读杨逸明的诗,时时感到诗中有一种强烈的震撼力。这震撼力来自诗中有我,这是"位卑未敢忘忧国"的我,是与人民血肉相连的我,是有社会责任感的我,有这个我,又有一颗敏感的心,这使他的诗揭发时弊,往往能鞭辟入里,写感抒情,也能揭示到心灵深处。

兹举一例。题目是《上海诗词学会在一所中学角落里的两间简陋、阴暗、潮湿的矮平房中,初次来访,感慨颇多,摄得外景照片一帧,戏题七律一首于照上》:

门前何忍久盘桓?未敢推敲鼻已酸。
陋區倘非标学会,危房孰信是诗坛?
蝉因清苦肩弥瘦,鼠却逍遥腹更圆。
词客不须愁屋破,于今广厦半空关。

起笔便振起全局,"推敲"二字下得好。原意的推敲早已衍化为斟酌诗句的惯用语,这里又还原他推门、敲门的本意,却仍具有衍化后的内涵,用以叩诗会之门再巧妙不过了。颔联写真实情景与感触过程,颈联有开合跌宕,结联使人拍案叫绝,把少陵的悲歌赋予全新的意境,他在劝告词客不必因屋破而发愁,请看有多少广厦空关着呢,似乎说:"搬进去就是了!"似乎又不是这样,是叫人"望梅止渴",还是拿吃不到的葡萄哄孩子?又像真有住进去的希望,真是带点半开玩笑的性质。沉痛语而出之以幽默,感叹语而出之以调侃,这与题目中标出的"戏题"是相吻合的。

杨逸明隽才覃思,方值壮年,诗中有一股活泼泼的锐气,他的诗历两当轩,上窥剑南、白傅,成就正未可限量。

试戏论之。有诗以来就有雅俗两途。庙堂文学近雅,民间文学近俗,两者是相辅相成的,民间文学要雅化,大诗人又要向民间汲取营养。大体上说,谢康乐近雅,陶渊明近俗;太白近雅,少陵近俗(王船山早就有"李杜是雅俗一大分界"之说);义山近雅,白傅近俗(苏东坡早有

"元轻白俗"之论）；宋元以后，词近雅，曲近俗，是雅俗的一大演变。当然，这只是大体上说，每人的成就高低并不能以近雅、近俗来衡量。

杨诗走的是近俗的路子，很接近聂绀弩体，又不以聂体自限。杨诗决不写人人皆知的大道理，很少用典，不避俗语，却力避熟套语。他能做到雅不避俗，俗不伤雅，这是难能可贵的。

如他的《夜雨》三首之一：

> 昨夜惊涛入壮怀，吟肩诗骨忽崔嵬。
> 从今欲与风相约，每到狂歌送雨来。

又如《下厨戏作》：

> 寻常作料奇滋味，得此功夫格自高。

前者写听雨，情感交集，如风雨骤至；后者写烧小菜。其实两者都可以看做是他对他的诗作风格的自我写照。

他不喜欢"应景""应制"的浮泛、人云亦云的诗，偶有所作，也必自出机杼，别立新意。如《纪念五四运动八十周年戏作》：

> 真理难真好事磨，风云转眼八旬过。
> 治愚谁剪心中辫？荡腐须倾天上波！
> 慷慨青年空有节，纷纭国际未同歌。
> 我今奉献殊堪愧，荐血无多荐泪多。

又是"戏作",却决非游戏之作。主题是严肃的,却运用了风趣轻松的语言,似乎只有这样,才能使愤慨的心情得到平衡。"治愚"要德先生,"荡腐"要赛先生,"五四"运动"要科学、要民主"的两大口号,正是题中应有之意。这里却不直露地写出,而以"谁剪心中辫?""须倾天上波!"这样诗化的语言写出,又把"青年节""国际歌"两词拆开分嵌在句中,又似文字游戏,冠以"慷慨""纷纭"字样,马上使诗沉重起来。亦庄亦谐,使诗情别有风致。

我很喜欢他的《回忆初恋,戏作》一诗:

与汝相亲始惹痴,至今心醉卜邻时。
小窗人对初弦月,高树风吟仲夏诗。
梦好难追罗曼蒂,情深可上吉尼斯。
浮生百味都如水,除却童年酒一卮。

这首诗写得很雅,以"罗曼蒂"对"吉尼斯",借用外来译名来凑热闹,也像是戏作,加上"梦好""情深"字样,顿使外来语有了感情色彩。结联尤妙,我们常有这种感情体验,半生经历过很多事、遇见很多人都如过眼云烟,逐渐淡忘了,而在一瞬间遇到的一个热情微笑,或某人发出一个警句时配合做了一个有力的动作,却储存在记忆库里,持久难忘。陆放翁怀念唐琬诗句"伤心桥下春波绿,曾是惊鸿照影来",惊鸿一瞥,至老不忘。这与"浮生百味都如水,除却童年酒一卮。"不是异曲同工吗?

以上谈了杨诗的优点。逸明曾执意要我谈谈他诗作的不足之处，这使我想起钱锺书先生评名诗人冒叔子诗云："江山之助，风云之气，诗境既拓，诗笔大渐酣放矣。东坡云：'须知酣放本精微。'愿君勿忽斯语。"这段话讲得很好，指出叔子诗酣放有之，精微不足。什么是精微？含蓄、蕴藉是精微，意境深邃是精微。这里愿将钱氏之言转赠逸明，愿逸明亦沿此方向更进一层！

杨诗多"戏作"，这是他偏爱"幽他一默"的惯用手法，或是有所讥讽而示以委婉，自有他的用意。我这篇短文题目也叫"戏谈"，效颦而已。我还不像某些时髦人物那样"玩文学"也。

田　遨

一九九九年十一月二十二日上海

原序：二〇〇二年版《飞瀑集》序

　　逸明的第一本自选诗词集《飞瀑集》即将出版。我为这位诗坛新人出手不凡的处女作的问世高兴之余，也为我的这篇小序直到书稿三校付印前夕才勉强交出而感到歉疚。说起来，还是在两年前，诗人便寄来了一份打印诗稿，附信要我对初选的四百一十八首篇目再作筛选后，为他写个序。我毫不迟疑地应承下来。这是因为：一、我和逸明早在上世纪九十年代初，便因着《诗刊》创办诗词研讨班的机缘，成为忘年交的诗友，大约有四个年头，曾就他的一百多首律、绝，书来信往，相互直率地切磋过诗艺。应当说，对逸明创作实践的方方面面，我还是比较了解的。二、逸明的诗词，早已从"论画以形似""作诗只此诗"的诗的"必然王国"，真正进入了按照"诗缘情以绮靡"的"美的规律"创作的"自由王国"。他的诗已形成了自己鲜明独特的抒情个性，而抒情个性的形成，也正是诗人走向成熟的标志。三、这本由四百多首再精练为二百多首的集子，选出的是诗人两千多首作品中的精品。我以一个善于挑毛病的编辑的眼光，反复审读这个选本，非但没有挑出再可删简的篇什，而且屡为我所看到过的一些好诗未能入选而感到遗憾。诗人选自己的作品，严谨到了"酷"的程度，这是一种对诗对读者高度负责的精神，值得称道。总之，这是一本出自新人之手的诗味醇厚的好诗集。"天意君须会，人间要好诗"（白居易）。为朋友，为读者，为诗词事业，作为一个诗词工作者，我以为有义务向"诗国"的"人间"，推荐这本颇为难得的好诗集。

严沧浪曰："诗有别材，非关书也；诗有别趣，非关理也。然非多读书，多穷理，则不能极其至。"这个"别材"，一是指诗人禀赋中超乎常人的多情、钟情、痴情乃至成为爱及国家民族、全人类以及宇宙万物的情种；二是指诗人超出常人的想象、幻想、梦想、奇想、狂想……所谓"寂然凝虑，思接千载；悄焉动容，视通万里"（刘勰：《文心雕龙·神思》）的意象思维能力；三是指从生活中发现并提炼诗情画意的悟性。逸明具有这样的天赋，又辅之以好学、勤读、冥思、苦索所积累起的人文知识，再历长期风雨人生的体验，逐渐形成了诗人"位卑未敢忘忧国"的忧患意识和对下层劳动人民的悲悯情怀。这样，生活到处，举凡风花雪月，山水烟霞，尘世百态，一旦进入诗人的审美视野，经过他爱憎分明的心弦轻轻一拨，生命留痕皆是诗。于是便产生了这些"寻常作料奇滋味，得此功夫格自高"的诗篇。

逸明的诗，题材面广，令人耳目一新的好诗俯拾皆是。请读《春游南北湖》：

岭前岭后绿风轻，阡陌绕堤春水平。
雨洗芳洲滋浅草，虹牵小艇入丹青。
吟边辞韵沾花色，梦里莺啼醉友声。
谁唱吴音翻丽调，一听尘抱一撼清。

一首普通的即景抒情之作，清辞丽句，写来却新鲜可读。前两联，白描湖上风景，以静衬动、色彩明丽，活画出一幅绿意盎然的雨后丹青。颈联由实生虚，声情并茂，将画意引入人文美的境界。尾联，湖上丽调骤起，吴音婉转，悦耳清心……读者也不禁和诗人一起陶醉于江南水乡的诗情画意之中了。

随着诗人的游踪旅迹，在集子中留下了不少寄情山水、吊古抒怀的篇章，其中，有关故宅、故乡忆旧怀人之作，佳作尤多。例如《忆故园》：

> 粉墙灰瓦自心倾，一别多年梦屡萦。
> 昔日苗成今日树，新巢燕吐旧巢声。
> 门前绿水梁间闪，窗外青山枕畔横。
> 随处亲人留背影，故园追忆不胜情。

这类题材的诗，大都写得情真意切，魂牵梦绕，于抚今思昔、荡气回肠的咏叹中，寄托了诗人浓浓的乡土情结和深深的历史沧桑感。

如果说，诗人最倾慕和追求的是宋代爱国诗人陆游《书愤》二首所达到的"如屋有柱、如人有骨"（纪昀语）的诗风，那么，上举逸明的佳作，也还不足以代表这位诗坛新人艺术个性的"不可磨处"；而《飞瀑集》"飞流直下三千尺"，足以震撼人心的，也正是"愤怒出诗人"的那些愤世嫉俗之作。集子中，和歌直臣、哭烈士、颂改革、呼清廉的主题相呼应，有一个反复出现、成为系列的诗题，这就是诗题冠以"戏"字的戏作、戏咏、戏题四十四题，并《竹枝词》三十首。这些寓庄于谐，以戏笔出之的篇什，固然有以幽默出之的对生活美的赞歌，但就其基调而论，多是对现实生活中的假恶丑阴暗事物的冷嘲热讽。其锋芒所向，是贪污、腐败、庸俗、愚昧种种，其中，作为集束箭射出的靶子，则是贪官污吏。其中"老鼠"一词，作为诗的意象，已成为贪官污吏的"符号"。集子中有五首诗专写老鼠，另有十几首涉笔为群鼠画像，鼠性百态，惟妙惟肖，可谓淋漓尽致。仅举一例：

忝列干支第一家，藏身未敢自矜夸。
安居陋穴能知乐，饱食残羹不竟奢。
岂屑逢迎学鹰犬，那堪贿赂近猫蛇？
过街惊美人间贼，竟有朱衣紫绶遮。

谁听硕鼠不平鸣？窃啮深宵恨有声。
小嚼残羹即严打，豪吞盛宴却横行。
未随猫犬邀怜宠，竟共蚊蝇惹骂名。
安得精通贪吏术，又多油水又冠缨。

这两首诗的妙处在于：老鼠以第一人称出现，为自己的行为命运作愤愤不平的咏叹。全篇通过对"居陋室""食残羹"的"硕鼠"对"朱衣紫绶遮"的"人间贼"，以及"又多油水又冠缨"的"贪吏"的由"不平"到艳羡乃至向往的鼠辈心理刻画，以反讽调侃的笔调，揭露了"人间贼"——贪污腐败为害之深之烈，应当引起人们的深思。

在这里，值得特别一提的是，对官场腐败风积重难返的愤怒，已成为诗人胸中不吐不快的块垒。以笔当剑，不时挑破贪官污吏身上的华衮，把他们丑恶贪婪的灵魂揭示给人看，已成为诗人自觉追求的一种艺术倾向。集子中即使是那些与反腐题材没有直接联系的歌吟，也往往于不经意处，甩出他的匕首投枪。比如："寸毫安得挥如剑，莫让贪官着画皮！"（《咏笔》）"黑脸不知何处去，官场多见醉颜红。""我劝天公拘一格，莫教贪吏降人间。"（《谒包公祠》）"想来今日和珅辈，也有后人续戏文。"（《看四十集电视连续剧〈宰相刘罗锅〉戏作》）"治理人间狐鼠辈，天师未必有奇方。"（《访天师府》）"花天酒地成风气，何以能安烈士魂？"（《参观红岩》）"都夸盛世官场乐，不必先忧学范公！"（《游苏州记所见所闻》）"谁料人间添魍魉，竟从菩萨脚边来！"（《看电视连续剧〈西游记〉有感》）"倘得浮云可挪用，人间从此雨声无！"（《竹枝词·新闻点评》）这些诗句，或托物寄慨，或借古喻今，信笔写来，出语机锋，立片言而居要，倾向性从字里行间溢出，深化了诗的思想境界。

与此类刺贪反腐主题息息相关的是，诗人调侃反讽的犀利笔锋，还集中投向近年遍及城乡的种种迷信、愚昧、落后的世风。

试读《灵山大佛戏作》：

> 惊看云际神灵降，百丈金身耸碧穹。
> 古庙往来人似蚁，斜坡摇曳树如葱。
> 车喧马闹村民乐，烛旺烟浓财运通。
> 安得凌空多大佛，纷纷立遍小山中。

初读，似乎是一首大佛的礼赞。诗的前三联，以客观白描的手法伴以赞叹的基调，极写大佛的高大威风和香火旺盛。诗中无一字轩轾褒贬。但是，细心的读者，只要把"佛耸天"、"人似蚁"两个中心意象，作一下对比，然后再把这个并非前朝文物，而是当代打造出的"高八十八米"的庞然大佛，安置到社会主义精神文明建设的大背景下，略加思索，只能感到荒唐可笑。诗人的高明之处是在结句，仍以赞叹的口吻抒发浪漫主义奇想："安得凌空多大佛，纷纷立遍小山中！"至此，诗人于不动声色中，已把那个荒唐可笑的喜剧场景推向极端。治愚须剪"心中辫"的良苦用心已经不言自明了。妙哉，戏笔！

总览逸明的诗词创作，诸如在诗的意象、意境、语言创新诸方面，还有许多可圈可点之处，这里就不再一一论列。我以为最足以引起诗词界朋友们关注的，还是诗中有我，即从作品的抒情个性中所显示出的诗人对普通劳动人民的终极关怀，以及诗人爱憎分明、疾恶如仇的人格力量。

如果谈一点不足，我以为诗人崭露头角的戏笔风格，发挥得尚未到位，有些标明"戏作"的题目，戏题庄出者多，而寓庄于谐的"戏"味不足。希望诗人多从鲁迅大师的杂文、历代笑话、相声以及中外寓言中吸取营养，融入自己的讽刺艺术中，再经过刻苦的艺术实践，使自己成为戏笔——讽刺诗词的大家！

一篇旷日持久的读后感,拉杂成篇,粗浅谬误之处,在所难免,愿就正于诗人及读者朋友。

是为序。

杨金亭

二〇〇二年八月一日于北京

目 录

总　序 ·· 郑欣淼　1
代序："寻常作料奇滋味"
　　——读杨逸明诗，戏谈 ················· 田　遂　1
原序：二〇〇二年版《飞瀑集》序 ·············· 杨金亭　1

飞瀑集

秋游钟山 ·· 1
湖心亭品茗 ··· 1
雨中访济南辛稼轩祠 ·· 1
济南赠友人 ··· 2
游日本东京诗抄（选四） ····································· 2
　　二重桥 ··· 2
　　迪士尼乐园 ·· 2
　　银座漫步 ··· 3
　　靖国神社 ··· 3
读徐刚《中国，另一种危机》 ····························· 3
重看绍剧《孙悟空三打白骨精》戏作 ················· 4
看四十集电视连续剧《宰相刘罗锅》 ················· 4
搬　迁 ·· 5
购书戏作 ·· 5
咏小园 ·· 6
读白居易诗 ··· 6

悼念父亲…………………………………………… 7
拆　迁……………………………………………… 7
忆故园……………………………………………… 8
谒开封包公祠二绝句……………………………… 8
郑州商都遗址……………………………………… 9
戒烟戏作…………………………………………… 9
单位福利分房戏咏………………………………… 10
学诗戏作…………………………………………… 10
官场新咏…………………………………………… 10
烧菜戏作…………………………………………… 11
秋　思……………………………………………… 11
公费宴请杂咏……………………………………… 11
公费旅游杂咏……………………………………… 12
寄　远……………………………………………… 12
戏咏假菩萨（并序）……………………………… 13
官仓鼠杂咏………………………………………… 13
访张天师府………………………………………… 14
龙虎山纪游………………………………………… 14
游芦溪河…………………………………………… 14
南　湖……………………………………………… 15
海盐十二咏（选四）……………………………… 15
　　南北湖………………………………………… 15
　　云岫庵………………………………………… 15
　　西涧草堂……………………………………… 15
　　徐用仪墓……………………………………… 16

老同学孙廷懋自加拿大归,约傅蛟兴、
　　张象明小聚于寒舍,即席有作 ················ 16
上海静安寺 ······································ 16
老同学聚会后,情犹未已,再作长句 ············ 17
水仙花自咏 ······································ 17
退休干部戏咏 ···································· 17
离休将军戏咏 ···································· 18
咏大境阁 ··· 18
夜　雨 ·· 19
雨后偶题 ··· 19
自嘲名字 ··· 20
自题新居 ··· 20
五十述怀 ··· 20
口占二绝 ··· 21
　　（一） ······································ 21
　　（二） ······································ 21
西园感旧 ··· 21
秋　虫 ·· 22
忆江南·偶尔翻出书中所夹数片枫叶 ············ 22
赞龙虎山仙女岩 ································· 23
游黄山诗抄 ······································ 23
　　西海夕照 ···································· 23
　　山景素描 ···································· 23
　　云海一瞥 ···································· 23
　　奇松咏叹 ···································· 24
　　怪石遐思 ···································· 24

夜宿戏题……………………………………… 24
游山留憾……………………………………… 24
访曲阜孔庙……………………………………… 24
登庐山含鄱口…………………………………… 25
访庐山东林寺…………………………………… 25
咏复兴公园……………………………………… 25
看病戏作………………………………………… 26
秋日思友………………………………………… 26
老鼠咏叹调……………………………………… 27
题　照（并序）………………………………… 27
步韵寄诗友……………………………………… 28
老友聚会感赋…………………………………… 28
春日下大雨雪夹冰粒，戏作二绝……………… 28
春日遣怀………………………………………… 29
春游南北湖……………………………………… 29
听苏州孙家姐妹唱评弹，不觉已二十年矣，
　　惘然有作………………………………… 30
美丽园文艺餐厅聚会，商量上海诗词学会工作，
　　赋七绝四首以记之……………………… 30
游上海老城隍庙戏作…………………………… 31
接塞外友人书…………………………………… 32
春游江南名镇周庄，初访迷楼，感赋七律二首，
　　步柳亚子"杯天"韵……………………… 32
端阳节与友人小酌……………………………… 33
读讽刺诗戏作…………………………………… 33
题友人陆耀辉新居……………………………… 34

生日小宴，即席赠友……………………………………… 34
灵山大佛戏作……………………………………………… 34
遇插队入户老同学………………………………………… 35
读《两当轩集》…………………………………………… 35
咏白云……………………………………………………… 36
咏瀑布……………………………………………………… 36
谒岳王庙…………………………………………………… 36
中秋遣怀…………………………………………………… 37
秋夜话别…………………………………………………… 37
重访老宅戏作……………………………………………… 37
游苏州记所见所闻………………………………………… 38
游灵岩山…………………………………………………… 39
公费出国旅游成风，戏作………………………………… 39
天平山红枫节与友人饮茶畅谈于白云泉畔，
　　即席有作……………………………………………… 40
赠女儿婷婷………………………………………………… 40
友人赠茶叶………………………………………………… 41
夜坐有感…………………………………………………… 41
新世纪漫笔………………………………………………… 41
咏　葱……………………………………………………… 42
咏王昭君…………………………………………………… 42
春节漫笔…………………………………………………… 42
上海解放五十周年
　　赋七律一首赠新四军某老战士…………………… 43
海畔情思…………………………………………………… 43

忆二十年前与父亲、
　　福奎舅公同游灵岩山时情景，怃然有作…………… 44
世纪相交之夜………………………………………………… 44
长江之口放歌………………………………………………… 45
纪念五四运动八十周年戏作………………………………… 45
下厨戏作……………………………………………………… 46
酷暑戏作……………………………………………………… 46
梅　雨………………………………………………………… 46
游灵隐寺……………………………………………………… 47
下岗戏作……………………………………………………… 47
《世纪颂》大赛领奖有感…………………………………… 47
戏题上海展览中心…………………………………………… 48
遣　怀………………………………………………………… 48
湖心亭小憩…………………………………………………… 48
题春风得意楼………………………………………………… 49
中秋寄远……………………………………………………… 49
回忆初恋，戏作……………………………………………… 49
秋日偶题……………………………………………………… 50
秋　兴………………………………………………………… 50
访太湖之源…………………………………………………… 51
游山戏作……………………………………………………… 51
谒临安钱王祠………………………………………………… 52
夜读戏作……………………………………………………… 52
二十世纪末戏作……………………………………………… 53
寄草原诗友…………………………………………………… 53
小雨即兴……………………………………………………… 53

归去来辞 …………………………………………… 54
春日访喻蘅教授 …………………………………… 54
戏题黄飞鹏《众非斋词稿》 ……………………… 54
签"离岗休养"协议，戏作 ………………………… 55
春　兴 ……………………………………………… 55
重　聚 ……………………………………………… 55
思　乡 ……………………………………………… 56
访老舍故居 ………………………………………… 56
看电视连续剧《西游记》戏作三绝句 …………… 56
接加拿大老同学信 ………………………………… 57
三苏祠戏咏 ………………………………………… 57
游峨眉山戏作 ……………………………………… 58
戏题花水湾温泉 …………………………………… 58
题都江堰二王庙 …………………………………… 58
青城山记游 ………………………………………… 59
千岁迎龙叠韵唱和二首 …………………………… 59
游峨眉山返沪，追赋长句 ………………………… 60
与草原诗友电话小叙 ……………………………… 60
竹枝词·新闻点评（选六） ……………………… 61
鹧鸪天·夏日即兴 ………………………………… 62
遣　怀 ……………………………………………… 62
整理旧诗稿 ………………………………………… 63
生日戏作 …………………………………………… 63
父亲逝世九周年作 ………………………………… 64
"文革"中在隧道公司
　　听忆苦思甜报告吃忆苦饭，戏作 …………… 64

在深圳参加中华诗词研讨会下榻西丽湖度假村，
　　戏作 …………………………………………… 64
在深圳西丽湖度假村参加全国第十三届
　　中华诗词研讨会后与诗友话别 ……………… 65
寄黑龙江诗友 ……………………………………… 65
盆栽花草 …………………………………………… 66
与友人饮茶畅谈 …………………………………… 66
读《水浒传》有感 ………………………………… 67
登金茂大厦 ………………………………………… 67
重访老宅 …………………………………………… 67
与友人茶楼小聚，以诗送别 ……………………… 68
元宵节漫笔 ………………………………………… 68
情人节戏作 ………………………………………… 68
春　雨 ……………………………………………… 69
迎春漫笔 …………………………………………… 69
与友人谈论数学，戏作 …………………………… 69
春日偶作 …………………………………………… 70
春　游 ……………………………………………… 70
游达蓬山，戏作 …………………………………… 70
雨中游雪窦山二绝句 ……………………………… 71
溪口小饮 …………………………………………… 71
游宁波天童寺 ……………………………………… 72
某公司戏咏 ………………………………………… 72
轩辕庙抒怀 ………………………………………… 73
水龙吟·始祖山放歌 ……………………………… 73
记　梦 ……………………………………………… 74

老宅拆迁……74
夏日读黄润苏教授《澹园诗词》……74
鱼韵十律（选八）……75
  童年琐忆……75
  离岗自嘲……75
  归去记乐……75
  闲居漫笔……76
  思友抒情……76
  动迁赠别……76
  诗社说艰……76
  地球赋忧……77
游杭州孤山……77
题茶楼……77
金缕曲·戏说长城……78
点绛唇·相思……78
卜算子·回忆……79
金缕曲·中秋寄远……79
玉伟、长鸿来沪小聚，别后遥寄……80
秋游雁荡山……80
与友人品茗畅谈……80
二〇〇二年元旦向明中学校友聚会，
  赋诗赠加拿大老同学，仍用前韵……81
病中戏咏（鱼韵）……81
与老同学相聚老房子茶馆……82
水调歌头·记山中遇雨投宿……82
水龙吟·春雨……83

六州歌头·情……………………………………83
书　怀………………………………………84
游延安………………………………………84
游西安………………………………………84
登秦始皇陵…………………………………85
游华清池戏作………………………………85
咏懿德太子墓………………………………85
咏乾陵………………………………………86
沁园春·回忆初恋…………………………86
读退庵金居翼先生略传感赋二律…………87
题画册………………………………………87
话　别………………………………………88
壬午端阳有怀屈原，戏作…………………88
忆故乡………………………………………88
题黄山画册…………………………………89
咏昙花………………………………………89
向明中学百年校庆…………………………89
咏小寨沟瀑布群……………………………90
访竹林七贤遗址……………………………90
百家岩寺进香………………………………90
咏双心潭……………………………………91
舍身崖拍照…………………………………91
咏神农山……………………………………91
咏女娲补天峰………………………………92
赞白皮松……………………………………92
咏一线天……………………………………92

谒李商隐墓	93
题青天河	93
古丹道上骑马	93
谒杜甫陵园	94
访杜甫故里	94
与江宏回忆淡水村往事	95
写诗戏作	95
《情缘未了》越剧演唱会	96
除夕漫笔	96
鹧鸪天·新年漫笔十首	97
参观三星堆博物馆	100
春探西溪步东遨韵	100
编辑《上海诗词》有感	101
人生随笔	101
春行	101
骤雨	102
自题《飞瀑集》	102
春游沈园	103
游龙门石窟	103
峨眉山李白听蜀僧濬弹琴处	104
金缕曲·手	104
金缕曲·读《岳飞传》	105
游天台山国清寺	105
游天台山赠诗友	105
咏天台山杜鹃	106
金缕曲·怀念李白	106

科尔沁大草原旱情严重，
　　游罢归来寄白城诸诗友 …………… 107
访呼兰萧红故居 ………………………… 107
长春伪满皇宫 …………………………… 108
长白山天池二绝句 ……………………… 108
长白山小天池 …………………………… 109
秋游吉林即兴 …………………………… 109
与淑萍、京战在湖南浏阳谒文庙和谭嗣同故居，
　　雨中登孙隐阁饮茶 ………………… 109
游桃花源戏作 …………………………… 110
秋日感慨 ………………………………… 110
金缕曲·新游子吟 ……………………… 111
重阳登高 ………………………………… 111
秋夜沉思 ………………………………… 112
甲申春节即兴 …………………………… 112
夜吟 ……………………………………… 112
春园即兴 ………………………………… 113
游窦圌山 ………………………………… 113
题江油太白楼 …………………………… 114
访杜甫草堂 ……………………………… 114
对月 ……………………………………… 115
初春戏笔 ………………………………… 115
思友 ……………………………………… 115
春游记事 ………………………………… 116
炎黄文化颂 ……………………………… 116
游春即兴 ………………………………… 116

龙华寺赏牡丹（并序）	117
"人诗意地居住在大地上"	117
沁园春·寄友	118
中年感觉	118
送　别	118
咏新茶	119
题老君山自然生态保护区	119
咏老君山大小瀑布	119
登洛阳老君山	120
与诗友雨中望老君山	120
习　墨	120
都市暴风雨随笔	121
题成吉思汗庙二绝句	121
游镜泊湖	122
题地下森林	122
兰亭即兴	122
访西施故里	123
谒陈三立先生墓	123
西溪荡舟	124
瞻仰谭嗣同故居	124
秋夜游白马湖	125
题古轩亭口	125
戏题井冈山	125
井秀山庄月下即兴	126
登滕王阁戏作	126
甲申立冬	126

题南阳武侯祠…………………………………… 127
当选中华诗词学会副会长，戏作长句……………… 127
京华访友……………………………………… 128
甲申岁杪即兴………………………………… 128
乙酉春节写怀………………………………… 129
元旦收看维也纳新年音乐会………………… 129
上元遣怀用荆公韵…………………………… 130
重访老宅有感………………………………… 130
咏　梦………………………………………… 130
乙酉春日到龙华古寺赏牡丹二绝句仍用前韵………… 131
　　（一）…………………………………… 131
　　（二）…………………………………… 131
春夜风雨雷电交加，戏作…………………… 131
金缕曲·赠王选……………………………… 132
"新天地"戏咏………………………………… 133
清明戏作……………………………………… 133
与友人春游江南水乡古镇…………………… 134
暮春雷雨之夜作……………………………… 134
吟诗达旦口占………………………………… 135
访明岩寺怀寒山子…………………………… 135
雨夜宿寒山湖度假村………………………… 136
戏题济公故居………………………………… 136
金缕曲·梦游华夏…………………………… 136
送女儿参加高考……………………………… 137
初夏漫笔……………………………………… 137
酷暑夜读书…………………………………… 138

来今雨轩饮茶步晓华原韵……………………………… 138

登庐山………………………………………………… 138

与诗友同游石钟山…………………………………… 139

题浔阳楼……………………………………………… 139

五台山游后步晓华原韵……………………………… 139

中秋戏作……………………………………………… 140

兰亭即兴……………………………………………… 140

秋　兴………………………………………………… 140

灯下漫笔……………………………………………… 141

遣　兴………………………………………………… 141

书　生………………………………………………… 141

话　别………………………………………………… 142

夜读达旦……………………………………………… 142

雨　夜………………………………………………… 142

许连进寄诗来赋此作答……………………………… 143

与友人游七宝古镇…………………………………… 143

观看电视……………………………………………… 143

读书戏作……………………………………………… 144

春来忽晴忽雨，
　　与诗友小聚崇明岛上饮茶谈诗………………… 144

患糖尿病戏作………………………………………… 144

咏　马………………………………………………… 145

春暮垂钓即兴………………………………………… 145

题茆帆山水长卷……………………………………… 145

赠黄飞鹏……………………………………………… 146

韩国为金退庵在中国桐庐严子陵祠堂畔立碑，
　　感赋七律一首寄釜山金柱白教授…………… 146
"五一"劳动节即兴…………………………… 147
题徐谷安画……………………………………… 147
游新场古镇……………………………………… 147
夏日午睡………………………………………… 148
上海诗词学会迁至龙华寺办公已一年多，
　　余骑自行车往返，途中吟得一律…………… 148
酷暑夜难以入眠，戏作………………………… 149
游香港…………………………………………… 149
重阳登高戏作…………………………………… 149
戏咏官袍………………………………………… 150
龙华寺塔影苑赏桂……………………………… 150
秋游西溪湿地即兴……………………………… 150
秋夜西溪泛舟…………………………………… 151
残荷……………………………………………… 151
赠陶月琪老师…………………………………… 152
冬日遣怀………………………………………… 152
丙戌冬日重访老宅……………………………… 153
老右派自述……………………………………… 153
戏咏梦中情人…………………………………… 153
圣诞夜与诗友聚会大理崇圣寺步大凡韵………… 154
大观楼前与诗友饮茶…………………………… 154
大观楼前与诗友饮茶步晓华韵………………… 155
咏蜡梅…………………………………………… 155
冬日看电视有感戏作…………………………… 155

访金陵李香君旧居 …………………………… 156
殡仪馆随想录四绝句 …………………………… 156
与诗友登北固山多景楼 ………………………… 157
丁亥龙华寺赏百年牡丹赋
　　两绝句用甲申年原韵 ……………………… 157
六十述怀 ………………………………………… 158
赠童自荣 ………………………………………… 158
题何积石《民族魂·历代名人名句印集》 …… 158
读萧甫春《汉字学论稿》赋感 ………………… 159
题《五人行》 …………………………………… 159
题青城山天师洞 ………………………………… 160
游剑门关 ………………………………………… 160
"六一"儿童节即兴 …………………………… 161
与诗友宿戒台寺 ………………………………… 161
重过老宅 ………………………………………… 162
书斋漫兴 ………………………………………… 162
游园漫兴 ………………………………………… 162
观新旧诗坛现状，戏作 ………………………… 163
泰山纪游 ………………………………………… 163
登蓬莱阁 ………………………………………… 164
访山东章丘李清照故居 ………………………… 164
与女儿旅游，戏作 ……………………………… 165
戏咏唐僧师徒四绝句 …………………………… 165
　　唐　僧 ……………………………………… 165
　　孙悟空 ……………………………………… 165
　　猪八戒 ……………………………………… 166

沙和尚 ·· 166
看电视纪录片《傅雷》感赋 ································ 166
退休生活琐记 ·· 167
偶　作 ·· 167
丁亥重阳登高抒怀 ··· 167
丁亥九日登龙华塔用杜牧
　　《九日齐山登高》诗韵 ································ 168
题滁州琅琊山醉翁亭 ··· 168
观晋剧《傅山进京》感赋 ··································· 169
今日都市印象 ·· 169
大学老同学聚会，戏作 ······································· 170
迎财神戏作 ··· 170
诗社纪事戏作 ·· 170
见墙角小草葱茏可喜，感赋 ······························· 171
有感 ·· 171
雪中漫笔 ··· 171
戊子春节代鼠辈拟贺岁词 ··································· 172
看电视纪录片《梁思成林徽因》感赋 ············· 172
塔影苑留别（并序） ··· 173
戊子年戏咏鼠 ·· 173
春日遣兴二律 ·· 174
赠四川诗友 ··· 174
咏瀑布寄赠友人 ··· 175
吊北川诗友 ··· 175
与诗友游江阴 ·· 176
看电视纪录片《陈寅恪》感赋 ·························· 176

答诗友 …………………………………………… 177
六十初度读旧作有感,
　　用黄飞鹏祝寿诗韵题句 ………………… 177
正式办理退休手续 …………………………… 177
两鬓焗油戏作一绝 …………………………… 178
暴风雨之夜 …………………………………… 178
读史 …………………………………………… 178
秋日遣兴 ……………………………………… 179
时空遐想 ……………………………………… 179
沈阳回龙寺听古琴演奏 ……………………… 180
戊子重阳登高 ………………………………… 180
武夷山九曲溪漂流即兴 ……………………… 180
远眺夕照下之武夷山,吟成一绝留别 ……… 181
咏恐龙蛋化石群 ……………………………… 181
题南阳卧龙岗 ………………………………… 181
秋谒衢州孔庙 ………………………………… 182
咏龙游石窟 …………………………………… 182
附:《少年习作》 ……………………………… 183
　风雨夜 ……………………………………… 183
　酷暑夜戏作(选二) ……………………… 183
　西园 ………………………………………… 184
　自京返沪车上作 …………………………… 184
　杭州感慨 …………………………………… 185
　在上海碳素厂战高温劳动三个月,
　　烧大炉,每月报酬十八元,戏作 ……… 185
　醉书三首 …………………………………… 186

读《堂吉诃德》………………………………… 187
雨夜不寐……………………………………… 187
春日杂兴二绝句……………………………… 187
新年书感……………………………………… 188
当代诗词创作漫谈…………………………… 189
　　——在北京诗词学会中青年诗词
　　创作座谈会上的发言………………… 189

秋游钟山

横抹金黄斜抹红,浅深林叶醉人浓。
归来犹带秋山色,一缕遐思一树枫。

（一九八八年十二月一日于南京）

湖心亭品茗

品茗湖心雨带香,小桥九曲水亭凉。
楼头游客池中鲤,三五成群絮语长。

（一九八九年八月四日）

雨中访济南辛稼轩祠

雨中来访稼轩祠,恰挟风雷一祭之。
心不平随云起伏,恨难消逐浪奔驰。
补天谁用经纶手?看剑空填磅礴词。
拍遍栏干挥尽泪,何妨异代是相知!

（一九八九年九月于济南,
一九九七年十二月四日改于上海）

济南赠友人

落拓江南喜遇君，同游齐鲁更相亲。
倾谈湖畔情沾雨，笑傲峰巅手握云。
心迹如泉清可照，世风多伪谊弥珍。
萍踪有伴虽堪慰，只恨无缘管聚分。

（一九八九年九月二十四日于济南
一九九七年十二月四日改于上海）

【注】
同游济南大明湖时，大雨倾盆；同登泰山时，云雾弥漫。

游日本东京诗抄（选四）

二重桥

皇居隐约隔桥通，天上人间只二重。
长尾野鸡衔日影，出宫飞向大街中。

迪士尼乐园

乐园惊险复新奇，玩罢归来梦尚迷。
我问"东京何处好"？女儿高叫"迪士尼"！

银座漫步

路上行人肤色黄,霓灯汉字遍洋场。
忽闻"瓦嗒西哇"语,始觉观光到异邦。

靖国神社

狂徒牌位社中陈,枪炮仍留大战痕。
群鸽盘旋惊恐在,怕人来此赋招魂。

(一九九二年夏游日本时作,一九九七年改定)

读徐刚《中国,另一种危机》

忧民忧国未曾休,今日堪忧到地球。
江海遭污流浊血,山林被伐剃光头。
生存所赖亲如母,糟蹋无由恶似仇。
地陷天倾非戏语,劝君莫笑杞人忧。

(一九九五年六月八日)

重看绍剧《孙悟空三打白骨精》戏作

金睛火眼岂容欺！怒斩妖魔护法师。
可恨手中如意棒，愚僧批准始能挥。

跋山涉水百重灾，未取真经誓不回。
万怪千妖无所惧，自家师傅咒难挨。

（一九九五年十月八日）

看四十集电视连续剧《宰相刘罗锅》

骂奸骂恶骂贪官，姑妄演来姑妄看。
若得直臣为宰相，斯人驼背又何关？

不惜乌纱敢惜身？公心铁面斗权臣。
数来今古官场上，慷慨陈词有几人！

公款私囊两不分，敛财终掘自家坟。
想来今日和珅辈，也有后人编戏文。

（一九九六年三月二十八日）

搬 迁

申城住久梦回迷,疑遇沧桑巨变时。
方叹弄堂成瓦砾,旋看楼厦筑钢泥。
新居已到莘嘉浦①,积习难忘井灶梯。
结伴重来寻旧宅,乡邻都不辨东西。

(一九九六年六月十八日)

【注】

① 上海人戏称莘庄、嘉定、浦东为"莘嘉浦",沪语读音同"新加坡"。三地建有大量动迁房屋。旧式民宅中水井、炉灶、爬上阁楼去的小木梯,都是极有特色的事物。

购书戏作

徜徉书市且逍遥,抚去翻来不觉劳。
忽见所思心已醉,未逢相爱渴难熬。
藏多渐患蜗庐小,囊涩频忧纸价高。
食淡依然情味足,几千卷是最佳肴。

(一九九六年六月二十六日)

咏小园

办公楼畔小园林，花木相知十载深。
解语石榴开笑靥，有情金桂吐芳心。
荷盛雨后频斟酒，竹立风前漫挑琴。
忙里偷闲聊一赏，新诗商略共沉吟。

（一九九六年六月三十日）

读白居易诗[1]

翻开长庆集，佳句尽堪珍。
讽似金箴妙，言如白话新。
权豪闻则怒，士庶诵弥亲。
但愿循风范，歌诗为事陈。

（一九九六年七月二十四日）

【注】

[1] 白居易《与元九书》中称："闻《秦中吟》，则权豪贵近者相目而变色矣。闻《乐游园》寄足下诗，则执政柄者扼腕矣。闻《宿紫阁村》诗，则握军要者切齿矣。"又称："自长安抵江西，三四千里，凡乡校、佛寺、逆旅、行舟之中往往有题仆诗者，士庶、僧徒、孀妇、处女之口每每有咏仆诗者。""文章合为时而著，歌诗合为事而作。"

悼念父亲①

五载相寻路已迷,几回空惹梦嘘唏?
久藏影册情盈柜,重读家书泪湿衣。
夜半添衾儿榻畔,雨中送伞校门西。
怕撩慈母伤心处,往事纷纷不敢提。

(一九九六年八月二十六日)

【注】
① 父亲于一九九一年八月九日逝世。

拆 迁

旧屋拆迁萦梦魂,纷纭往事漫追寻:
同温功课窗台近,常捉迷藏里巷深;
弄口瓜蔬传叫卖,灶间翁妪响刀砧。
捧来一掬残墙土,岁月淹留抵万金。

(一九九六年九月九日)

忆故园

粉墙灰瓦自心倾,一别多年屡梦萦。
昔日苗成今日树,新巢燕吐旧巢声。
门前绿水梁间闪,窗外青山枕畔横。
随处亲人留背影,故园追忆不胜情。

(一九九六年九月十二日)

谒开封包公祠①二绝句

(一)

千年不废此公祠,有德于民民祀之。
万指扪残碑上字,移来心上树丰碑。

(二)

戏文千载说开封,妇孺皆知铁面翁。
黑脸不知何处去?官场多见醉颜红。

(一九九六年九月十八日于开封)

【注】

① 包公祠现存北宋《开封府题名记》石碑,上刻北宋一百八十三位开封知府的姓名和上任年月,因历代的人们指点碑上包拯的姓名处,日久竟在该处出现了一条发亮的深坑。

郑州商都遗址①

拨开蒿草踏荒墟，此是殷商昔古都。
掘得房基犹隐现，辨来井窖已模糊。
情思深系瓷陶片，故事重温甲骨书。
莫使文明随散落，五千年可串成珠。

（一九九六年九月二十五日于郑州）

【注】
① 一九五〇年秋在郑州市区内发现了早于安阳殷墟的商代前期遗址，一九五三年又发现周长七公里的城垣。在此发掘出房基、地窖、水井、壕沟、墓葬等遗迹，以及大量的铜器、石器、骨器、玉器、陶器、原始瓷器等遗物。

戒烟戏作

吐雾吞云二十年，一朝散去意犹牵。
床头厕上常为伴，饭后茶余屡作仙。
吸得痰黄留病灶，熏来齿黑染硝烟。
老枪放下能成佛，为讲文明断此缘。

（一九九六年十月一日）

单位福利分房戏咏

近日公司上下忙，职工急切盼分房。
忽闻局长千金女，也等新房作嫁妆。

（一九九六年十月五日）

学诗戏作

此身无计躲诗魔，似傻如狂可奈何？
梦捉遐思醒捉笔，笑生热泪哭生歌。
缚蚕茧内终飞蝶，埋藕泥中却露荷。
莫道豪情随日减，万山红树入秋多。

（一九九六年十月十二日）

官场新咏

可惜诸公不学诗，风流倜傥有谁知？
若能吟咏官场乐，定有《花间》更艳词。

狎妓桑拿竟报销，奇闻端可胜前朝。
东风不与诸郎便，阶下垂头尽尔曹！

（一九九六年十月十七日）

烧菜戏作

大丈夫如巧妇强,买烧淘洗一身当。
厨中蔬果黄红绿,桌上汤肴色味香。
妻女品尝常竖拇,亲朋聚会屡倾觞。
醉来难免时夸耀,勤俭持家已小康!

(一九九六年十月二十六日)

秋　思

嘹唳征鸿动远空,频年百感又西风。
霜侵乌鬓微微白,酒上衰颜浅浅红。
诗兴老添山水趣,豪情未惑佛陀钟。
几多家国堪忧事,都在东篱一叹中。

(一九九六年十月三十一日夜)

公费宴请杂咏

鱼肉寻常自厌多,天天空运费张罗。
活虾鲜蚌飞千里,跳入朱门小火锅。
鱼翅龙虾未足奇,美姬陪酒醉如泥。
算来公宴一杯酒,抵得灾民十日饥。

(一九九六年十一月三日)

公费旅游杂咏

古有唐敖海外游,今朝公仆更风流。
滥抛"学费"沉东海,逛罢欧洲逛美洲。

花费千珠买椟还,笑林广记有新编。
头头出国谈生意,亏了公家百万钱。

今日"长征"壮且奇,草鞋休矣换飞机。
五洲四海周游遍,大腹便便衣锦归。

此是谁家大富豪?千金轻掷似鸿毛。
红灯区里风流债,回国原来可报销。

(一九九六年十一月八日)

寄 远

朱弦尘满意堪怜,回首相逢四十年。
一傍秋山枫便醉,长追沧海月无眠。
心深处滴珍藏泪,魂断时生梦幻烟。
千里谁知情思涌?小诗欲吐百重泉。

(一九九六年十一月十九日)

戏咏假菩萨（并序）

　　社会上假冒伪劣商品泛滥，疑心菩萨也有真有假，遂使净土不净，理应列入打假范围也。

　　　　粗雕滥塑庙堂中，斗法争权咒有功。
　　　　挤上莲台都是佛，夺来金钵岂能空？
　　　　天王受贿敲边鼓，罗汉贪杯撞乱钟。
　　　　解决人间何许事？香烟也自舞东风。

　　　　　　（一九九六年十一月二十一日）

官仓鼠杂咏

　　　　官仓老鼠已成群，终日逍遥笑世人。
　　　　严打空于仓外喊，仓中能得几回闻？

　　　　官仓老鼠大如斗，无计可抓真棘手。
　　　　总算夹来一尾巴，居然漏网九十九。

　　　　官仓老鼠过街忙，喊打声中也不慌。
　　　　见惯人间多少贼，朱衣紫绶气轩昂。

　　　　　　（一九九六年十一月二十六日）

访张天师府

捉妖降怪访仙乡,龙虎山中日月长。
治理人间狐鼠辈,天师未必有奇方。

(一九九六年十一月三十日于江西鹰潭上清镇)

龙虎山纪游

水气幽凉散竹芦,溪光岩影动浮虚。
乱崖向晚迷仙迹,古树逢冬露野居。
地母之谜今解否?天师其术可传乎?
谁怜都市千金地,未抵山林一啸舒。

(一九九六年十一月三十日于江西鹰潭)

游芦溪河

夹流苍翠耸奇峰,倒影朦胧似醉翁。
一自天师丹炼就,水姿山骨有仙风。

(一九九六年十一月三十日于江西鹰潭)

南 湖

水国渔乡夕照间，楼台无雨也无烟。
红舟牵动蓬莱岛，驶向金波何处天？

（一九九七年一月十日暮于嘉兴）

海盐十二咏（选四）

南北湖

水淡山轻韵自殊，不施粉黛胜西湖。
天然更有迷人境，恰似村中未嫁姑。

云岫庵

普陀香火日纷繁，大士偷闲宿此庵。
云岫夜传钟磬响，想来依旧梦难酣。

西涧草堂

满村花树好春光，特地寻幽到草堂。
最爱北湖西涧路，山岚水气带书香。

徐用仪墓

绿池终日映闲云,石兽苍凉草色新。
冤死老臣蒙擢用,圣恩添得尚书坟。

(一九九七年春)

老同学孙廷懋自加拿大归,约傅蛟兴、张象明小聚于寒舍,即席有作

故人来海外,一别卅春秋。
握手疑新梦,凝眸忆旧游。
童心难泯灭,尘世任沉浮。
明日关山阻,鱼书岂易求?

(一九九七年二月十五日)

上海静安寺

只应名刹在深山,底事来居闹市间?
车马扬尘污佛面,霓灯泻影逐香烟。
世风弥尚奢而靡,古寺犹名静与安!
商厦酒楼围四壁,梵心禅境可清闲?

(一九九七年二月十八日)

老同学聚会后，情犹未已，再作长句

天涯客至话同窗，卅载悠悠引兴长。
嬉笑顽皮常梦忆，天真烂漫久珍藏。
心泉共映童年月，风雨频添耳鬓霜。
但愿相知存海内，绵绵诗绪寄华章。

（一九九七年二月二十三日）

水仙花自咏

幽香净水一泓清，素淡无求自有情。
倘得人间都似我，凡花不必傍仙名。

（一九九七年二月二十八日）

退休干部戏咏

少年兼济志虽雄，老识才疏气力空。
辞去微官薪略减，添来闲兴句稍工。
高吟时伴莺啼树，健舞仍闻剑啸风。
闭户不妨新得趣，烹调渐可胜邻翁。

（一九九七年四月二十七日）

离休将军戏咏

解甲今成问舍翁，军威入梦气犹雄。
烽烟转战棋盘阵，口令新传犬鸟笼。
偶感世情挥老泪，常思难友醉春风。
弹痕酸痛留腰际，搔罢长吟动远空。

（一九九七年五月三日）

咏大境阁①

繁华都市此为根，旧梦烟霞劫后存。
十里洋场围雉堞，百年商埠始渔村。
藓苔无语砖留迹，风雨难忘瓦有痕。
碧海红桑添胜影：摩天楼对老城门。

（一九九七年五月十八日）

【注】
① 大境阁在上海老城厢仅存的一段明代古城墙上，曾是昔日沪城八景之一"胜景烟霞"。

夜　雨

寥廓尘沙一洗清，闲心底事动豪情？
高楼夜听风吹雨，也啸千岩万壑声。

昨夜惊涛入壮怀，吟肩诗骨忽崔嵬。
从今欲与风相约，每到狂歌送雨来。

（一九九七年七月六日）

雨后偶题

连日阴霾一旦消，欣看霁色染江皋。
檐檐已止涓涓泪，树树都伸懒懒腰。
雨后襟怀稍湿重，风前兴致渐飘摇。
锦囊拾掇村郊去，欲觅诗情上小桥。

（一九九七年七月十四日）

自嘲名字

自知名字"逸"居中，必定求官路不通。
只许江湖成隐逸，长吟啸傲作诗翁。

徒自名"明"实未明，频频碰壁不平鸣。
古今多少精明者，"难得糊涂"过一生。

（一九九七年七月十六日）

自题新居

闹市何妨达士居？闲情野趣满吾庐：
累累书架三千帙，楚楚瓶花七八株；
碟片轻扬溪鸟曲，镜框深嵌岫云图。
吟怀梦思俱求洁，莫放氛埃入户枢。

（一九九七年八月四日）

五十述怀

思健何妨鬓减青，年来耽句欲忘情。
看书目涩方知老，吐语机锋尚逞能。
身卧里闾心自远，社存狐鼠意难平。
惹他一夕针毡坐，也算吾生事有成！

（一九九七年八月六日）

口占二绝①

（一）

车窗一瞥泪模糊，四十余年梦复苏：
童子举头看古堞，大人遥指说东吴。

（二）

物换星移世界殊，古垣砖瓦荡然无。
儿时一段墙犹在，梦里珍藏未拆除。

（一九九七年八月十五日暮于火车上）

【注】
① 乘火车自沪赴京，途经苏州，忽忆儿时，父亲遥指姑苏古城墙，为我讲三国时孙权故事，其情景依然历历在目。今城墙已被拆除，父亲逝世已六载矣，痛哉！

西园感旧

卅载烟云忆旧游，西园重访思悠悠。
风摇花树娟娟影，月抚楼台淡淡愁。
小酌欲追幽径梦，清吟恰对曲篱秋。
老来已减癫狂态，似水柔情却更稠。

（一九九七年九月五日）

秋 虫

曲径疏篱送好音,披衣月下细相寻。
人间靡靡歌无数,不及秋虫一段吟。

月含风露草含烟,何处寒蛩奏管弦?
一夜金秋交响曲,乐坛原在短墙边。

(一九九七年九月十八日)

忆江南·偶尔翻出书中所夹数片枫叶

翻书见,数片昔年枫。烂漫秋山留碎影,葱茏碧树忆芳踪。残梦尚深红。　　干枯叶,岁月皱纹多。曾记摘时情似火,谁知老去梦如梭?牵绕旧枝柯。

(一九九七年十月三日)

赞龙虎山仙女岩

堪惊造化胜方家,崖刻天然出夏娃。
骇俗构思奇罕匹,逼真裸体美难遮。
峰含羞态云披锦,壑满温情石吐花。
君子不须轻诋诮,人间至圣是无邪!

（一九九七年十一月改定）

游黄山诗抄

西海夕照

排云破雾踏天梯,攀上危亭日恰西。
烂漫群山争夕照,金峰昂首黑峰低。

山景素描

雨渲云皴淡淡山,忽干忽湿画中看。
天风自改千张稿,一眨望眸一壮观。

云海一瞥

霁色岚光漫远空,烟波撼岛走千峰。
时藏陡壁云间径,偶露危崖雨后松。

奇松咏叹

乱走龙蛇十万枝，攀崖探壑各奇姿。
堪惊造化多才调，一棵松雕一构思。

怪石遐思

巨岩如跳复如蹲，兽状人形各有魂。
七十二峰灵气在，女娲抟土遍留痕。

夜宿戏题

暮投宾馆宿山腰，灯影如星月影高。
洗罢热汤身骨软，鼾声雷动斗松涛。

游山留憾

石尖松死梦花枯，山里店多溪水污。
空谷乱抛瓶与罐，人留劣迹到天都。

（一九九七年十一月十一日改定）

访曲阜孔庙

殿吐烟云柱舞龙，先师未必有神通。
文盲暴富流氓贵，耿耿书生抵死穷！

（一九九七年十一月十八日改定）

登庐山含鄱口

水光云色入亭多，鼓舞诗人一放歌。
怪底豪情来万丈，气吞扬子口含鄱。

（一九九七年十一月二十九日）

访庐山东林寺

莲花净土映泉清，殿有高贤水有灵。
堪笑世人争饮急，为趋名利斗聪明。

（一九九七年十一月二十九日）

咏复兴公园

梧桐蔽日鸟闲啼，一片园林故宅西。
翁媪聊天围石桌，姑娘留影傍湖堤。
假山藏洞顽童乐，小径成阴倩侣迷。
谁踏苍苔良久立？远归游子忆孩提。

（一九九七年十二月十日）

看病戏作

七尺之躯五十秋，年来多病渐堪忧。
看书忘倦颈增骨，食肉贪肥肝裹油。
美酒新停缘溃胃，香烟已戒为炎喉。
失眠不肯遵医嘱，炼句依然夜未休。

（一九九七年十二月二十三日）

秋日思友

伊人东去几时还？聚亦无缘别亦难。
雨溅黄花垂晓泪，风追红叶恋秋山。
心中倩影云霞碧，月下吟魂鬓发斑。
芳草同行嫌径短，今来顿觉路漫漫。

（一九九八年二月二日）

老鼠咏叹调

忝列干支第一家，藏身未敢自矜夸。
安居陋穴能知乐，饱食残羹不觉奢。
岂屑逢迎学鹰犬，那堪贿赂近猫蛇？
过街惊羡人间贼，竟有朱衣紫绶遮！

谁听硕鼠不平鸣？窃啮深宵恨有声。
小嚼残羹即严打，豪吞盛宴却横行。
未随猫犬邀怜宠，竟共蚊蝇惹骂名。
安得精通贪吏术，又多油水又冠缨！

（一九九八年二月二十六日）

题 照 (并序)

上海诗词学会在一所中学角落里的两间简陋、阴暗、潮湿的矮平房中，初次来访，感慨颇多，摄得外景照片一帧，戏题七律一首于照上。

门前何忍久盘桓？未敢推敲鼻已酸。
陋匾倘非标学会，危房孰信是诗坛？
蝉因清苦肩弥瘦，鼠却逍遥腹更圆。
词客不须愁屋破，于今广厦半空关。

（一九九八年三月二日）

步韵寄诗友

十年书剑滞江城,片语时牵百感生。
梦里狂歌兼有泪,诗中热讽亦多情。
愧同风月签新约,盼与溪山践旧盟。
喜得旁门添悟性,句求工后渐无争。

(一九九八年三月八日)

老友聚会感赋

江南小聚雨纷纷,东去沧波西去云。
花落杯中多雅兴,风吹鬓角忆青春。
谈锋无忌依然健,心迹相知未减真。
往事重提堪一笑:当年儿女共沾巾。

(一九九八年三月十九日)

春日下大雨雪夹冰粒,戏作二绝

(一)

三月江南春未归,百花哆嗦雪花飞。
雷曹雨部多庸吏,各借东风瞎指挥。

(二)

花园零落菜园荒，冰雪逢春势转狂。
天上最多腾达客，调风顺雨却无方。

（一九九八年三月二十一日）

春日遣怀

东风婉转送莺声，顿觉春光槛外生。
细雨又添芳草绿，遐思渐染野花明。
水浓如酒含情厚，山淡于烟托梦轻。
新霁柳丝开泪眼，去年犹傍故人青。

（一九九八年三月二十二日）

春游南北湖

岭前岭后绿风轻，阡陌绕堤春水平。
雨洗芳洲滋浅草，虹牵小艇入丹青。
吟边辞韵沾花色，梦里莺啼醉友声。
谁唱吴音翻丽调，一听尘抱一摅清。

（一九九八年三月二十八日）

听苏州孙家姐妹唱评弹，不觉已二十年矣，惘然有作

江南最忆曲堪怜，纤手凝云落急弦。
小茧尽抽情旖旎，快刀难剪梦缠绵。
人归深巷潇潇雨，舟入寒塘淡淡烟。
二十年来孤迥客，几回丝竹惹无眠？

姑苏听曲月如钩，桃坞春深小巷幽。
弹唱动情教客醉，笑颦添色遣花羞。
梦中眷恋江南雨，别后蹉跎海上秋。
游子怕闻吴语好，乡音似酒滴心头。

（一九九八年四月十五日）

美丽园文艺餐厅聚会，商量上海诗词学会工作，赋七绝四首以记之

诗心如火映芳筵，窗外商潮浪拍天。
共话吟坛人欲醉，不知今夕是何年！

美丽园中共举卮，晚霞如梦涌遐思。
书生别有投资术，呕尽心肝赚小诗。

把酒论诗感慨中,斯人憔悴古今同。
逢新世纪萌奢念:安得词工客不穷?

何必牢骚盛断肠?秋风屋破也寻常。
诸君莫忘今宵约:共建诗坛达小康!

(一九九八年四月二十八日)

游上海老城隍庙①戏作

喧阗都市老城隍,游客潮来为底忙?
人有奢求多跪拜,梦无邪念自甜香!
何妨世道如桥曲,且遣情怀似柳长。
亭畔不须诗啸傲,连云楼阁只宜商。

(一九九八年五月四日)

【注】
① 上海老城隍庙有九曲桥、湖心亭、豫园等名胜,新建的商业楼有华宝楼、凝晖阁等。

接塞外友人书

倾盖京华仲夏初，旋分千里奈何如？
雨添春草生遐想，风剪秋云寄远书。
肝胆共看天际月，诗心欲吐海中珠。
不知飞骑阴山外，今夜江南入梦无？

（一九九八年五月十七日）

春游江南名镇周庄，初访迷楼①，感赋七律二首，步柳亚子"杯天"韵

我欲殷勤一举杯，再邀南社众翁回。
小楼慷慨横奇气，古镇风流聚俊才。
桥畔草花仍窈窕，堂前燕雀漫惊猜。
谁知七十余年过，又有书生唱和来！

春绿江南柳拂天，酒旗斜簇小桥烟。
船头游客谁吟句？镇上人家各赚钱。
流水绕阶如有语，迷楼留梦岂无缘？
凭栏顿觉诗情涌，旧韵新声欲斗妍。

（一九九八年五月二十日）

【注】

① 一九二〇年柳亚子邀南社社友陈去病、王大觉、费公直等聚集在江南周庄迷楼，饮酒赋诗，抨击社会，鼓吹革命。柳亚

子先赋七律两首，与诸家迭吟递唱，共得诗词百余，编成《迷楼集》。迷楼今有柳亚子等人塑像，重现当年"小楼轰饮夜传杯"的情景。

端阳节与友人小酌

书生小聚恰端阳，揣梦如痴咏且觞。
不信人逢新世纪，斫琴焚砚只经商。

（一九九八年五月三十日）

读讽刺诗戏作

乐府新声句凛然，不知官府有谁看？
白公诗笔包公铡，哪个能教贼胆寒？

寸毫如剑舞生风，刺虎屠鲸字字雄。
狐鼠依然仓内卧，更无一个怕诗翁！

（一九九八年六月四日）

题友人陆耀辉新居

陶然一醉卧春风,满眼青花滴釉红。
十里江南堆锦绣,谁教聚在小楼中?

(一九九八年七月十六日)

生日小宴,即席赠友

杯前感慨好头颅,五秩流光鬓渐疏。
远梦重温聊浅酌,豪情未减却闲居。
刺他贪吏愁无剑,伴我昏灯乐有书。
惭愧友人相厚意,小诗吟就代琼琚。

(一九九八年八月四日)

灵山大佛[①]戏作

惊看云际神灵降,百丈金身耸碧穹。
古庙往来人似蚁,斜坡摇曳树如葱。
车喧马闹村民乐,烛旺烟浓财运通。
安得凌空多大佛,纷纷立遍小山中!

(一九九八年八月二十二日于无锡)

【注】

① 江苏无锡太湖畔小灵山麓,唐代建有祥符禅寺。近年修复古寺,并兴建高八十八米的释迦牟尼青铜立像,称灵山大佛。一时游人不绝,香火大盛。

遇插队入户老同学

卅载悠悠梦已阑,重逢忆昨尚心寒。
青春改地移山去,老病将雏挈妇还。
风暖自难回绿鬓,酒豪聊可晕朱颜。
如今坎坷浑闲事,死别生离不泪弹。

(一九九八年九月十二日)

读《两当轩集》

关灯抚卷月当轩,似与吟魂聚榻前。
风露中宵怀共绮,星辰昨夜句堪怜。
笔惊神鬼难惊俗,士富文章不富钱。
心力尽抛君莫悔,好诗如此足千年!

(一九九八年九月十九日)

咏白云

露怪藏奇纵复横,何甘散淡过浮生?
闲来出岫非无意,欲借东风化雨声。

(一九九八年九月二十日)

咏瀑布

飞瀑遥倾天上湖,雨丝风片满崖珠。
心泉也有三千尺,能向秋山一泻无?

(一九九八年九月二十二日)

谒岳王庙

壮怀激烈欲何如?拍遍栏干雨歇初。
庙柏吐青添怒发,岭云翻黑驾长车。
爱钱惜死官仍健,直节精忠将屡诛。
唾罢铁奸心尚恨:昏君曾跪冢前无?

(一九九八年十月二日于杭州)

中秋遣怀

风露何堪小院幽？又逢佳节独登楼。
世于今夜同看月，人至中年倍惜秋。
天上琼波难洗俗，江心清影易成钩。
邻家麻将通宵乐，我且长吟不说愁。

（一九九八年十月五日）

秋夜话别

江畔依依别泪多，如倾万斛月中波。
蛩吟小夜思乡曲，人唱阳关劝酒歌。
共沐空明心剔透，相看烟水梦婆娑。
好诗从此君须寄，春雨秋云入砚磨。

（一九九八年十月八日）

重访老宅戏作

斑驳门墙梧叶黄，廿年风雨写沧桑。
街前杂铺成超市，弄口酒家名"靓汤"。
归国小姑当老板，探亲阿奶渡重洋。
下岗邻嫂笑追问："稀客发财何处忙？"

（一九九八年十月十八日）

游苏州记所见所闻

下榻姑苏大酒家,灵岩山月挂檐斜。
陪歌伴舞多娇女,不羡吴宫有馆娃。

石像沉吟枉自哀,吴姬笑劝客倾杯:
"前贤既已先忧罢,我辈何妨后乐来?"

风流游客语惊人,逗得娇娃笑且嗔。
"坐爱"解来成"做爱"①,也应羞煞杜司勋!

会议期间赏古枫,层林未及醉颜红。
都夸盛世官场乐,不必先忧学范公!

(一九九八年十月二十四日于苏州)

【注】

① 下榻的中华大饭店在灵岩山附近,大门外有范仲淹石雕塑像,石座上刻有"先天下之忧而忧,后天下之乐而乐"的名句。宴席间有醉客解释杜牧《山行》诗中的"停车坐爱"为"停车做爱",陪酒女郎大笑。

游灵岩山

天上何年坠此星？秀岩奇石性通灵。
好风乱谱千簧韵，落日回眸一寺明。
随处池台多绮梦，于今鸟雀尚娇声。
小诗难尽凭栏意，安得芳樽与细倾？

（一九九八年十月二十五日于苏州）

公费出国旅游成风，戏作

最美之差公款游，巧罗名目逛洋洲。
洽谈竟到人妖馆，考察偏登裸舞楼。
借问取经谁正果？徒闻学费又东流！
官风腐败堪忧甚，水可推舟也覆舟。

（一九九八年十一月十日）

天平山①红枫节与友人饮茶畅谈于白云泉畔，即席有作

游客停车爱晚枫，秋之为气顿盈胸。
一池先送寒山影，万石纷陈造化功。
泉沏新茶浓淡绿，霞藏古木浅深红。
斑斓吟思清狂梦，尽在高台夕望中。

乍凉天气雁行斜，兴逸何须二月花！
菊瘦蟹肥宜醉酒，泉清云白可烹茶。
诗生色似经霜树，人有情如满岭霞。
红叶莫忘携数片，秋光好去宿侬家。

（一九九八年十一月十七日于苏州）

【注】
① 天平山半山有"望枫台"，是看枫最佳处。

赠女儿婷婷

中年得女自堪怜，十载依依绕膝前。
时诵唐诗声稚嫩，偶挥毛笔字翩跹。
渐看足大适娘履，旋觉身高摩父肩。
幼树成材能报国，好教殷切梦终圆。

（一九九八年十一月三十日）

友人赠茶叶

匆匆小聚又天涯，相赠雨前云雾芽。
沏出水清香沁肺，饮来心醉泪噙花。
难忘碧树芳踪远，更忆青春鬓影斜。
数片珍藏怀旧梦，何时共品一瓯茶？

（一九九八年十二月十四日）

夜坐有感

喧嚣都市惹心烦，夜闭书斋独赋闲。
自在性灵吟句活，不羁思想语人难。
求安欲咽喉头鲠，嫉俗仍掀笔底澜。
灯下漫成诗一首，半天星斗落栏干。

（一九九八年十二月二十四日）

新世纪漫笔

龙腾万象满新天，遥听羲和响快鞭。
盼此曙光须几代？问今明月是何年？
地球渐小难承重，人类虽尊莫擅权！
我且不吟歌德句，春来先赋杞忧篇。

（一九九九年一月十四日）

咏　葱

指纤腰细影娉婷，身贱心高未可轻。
何惧赴汤成碎末？不辞投釜斗膻腥。
性情难改辛而辣，风气堪称白且清。
调入佳肴凭品味，有香如故慰生平。

（一九九九年一月十七日）

咏王昭君

画图选美误生平，远嫁匈奴举世惊。
不抱琵琶关外去，汉宫未必尽知名。

（一九九九年一月二十八日）

春节漫笔

浦江晴雨伴琴书，风露今宵岁又初。
鞭炮送欢笼闹市，窗花绽笑慰寒庐。
难抛绮梦相思豆，欲串华年渐散珠。
襟抱未随秋气老，春温还上笔端无？

（一九九九年二月十六日）

上海解放五十周年赋七律一首赠新四军某老战士

一番风雨一番晴,五十年来几折腾?
解放居然逢两度,自由何啻唤千声!
沙场血染山伢梦,改革潮添书记情。
春绿江南心不老,更挥诗笔作新兵。

(一九九九年三月七日)

海畔情思

鸥影云间没,遐思浪际生。
踏沙寻水韵,拾贝忆涛声。
梦里人无恙,天涯月有情。
此时心浩荡,也欲共潮鸣。

(一九九九年三月十四日)

忆二十年前与父亲、福奎舅公同游灵岩山时情景，怃然有作

灵岩旧事未曾忘，已失亲情忆更长。
寺里尝鲜夸素面，塔前留影恋斜阳。
轻尘转眼千重岭，短梦揪心一炷香。
二老相逢夜台下，仍应说着阿明郎。

（一九九九年三月三十一日）

世纪相交之夜

难逢此夕更难眠，且上江楼送旧天。
星起星沉无一语，人歌人哭又千年。
奈何蛮触仍争斗？信是文明自变迁。
鸟雀不知新纪换，惊闻爆竹乱飞旋。

（一九九九年四月十二日）

长江之口放歌

人在长江之口中，天光海气日盈胸。
一条堤压潮平岸，千仞云垂水贴空。
渔簖①百年开巨埠，烟涛万古辟鸿蒙。
书生澎湃诗情涌，欲逐洪波唱大风！

（一九九九年四月十六日于浦东三甲港）

【注】
① 簖，一种捕鱼工具，类似竹栅，又称"沪"，为上海地名的由来。

纪念五四运动八十周年戏作

真理难真好事磨，风云转眼八旬过。
治愚谁剪心中辫？荡腐须倾天上波！
慷慨青年空有节，纷纭国际未同歌。
我今奉献殊堪愧，荐血无多荐泪多。

（一九九九年五月四日）

下厨戏作

君子殷勤不远庖，嘉宾小酌赞嘉肴。
蒸鹅下豉鲜而嫩，炸奶添香脆且娇。
主外男儿兼主内，挥毫诗客也挥勺。
寻常作料奇滋味，得此功夫格自高。

（一九九九年五月十二日）

酷暑戏作

空调又奏最强音，抵抗申城暑气侵。
急敛凉风囤广厦，乱排热浪逼街心。
骨牌深巷喧过夜，酒肉朱门臭到今。
只有小蝉难忍耐，思秋若渴动长吟。

（一九九九年六月十六日）

梅　雨

连夜涛声撼小窗，雷霆添狠雨添狂。
云遮广厦灯俱黑，水漫长街树半黄。
底事天公常撒泼？屡教河伯叹汪洋！
秋风茅屋忧寒士，我为三江泪满裳。

（一九九九年六月三十日）

游灵隐寺

来听江南大刹钟，人生况味数声中。
梵音禅韵泉边冷，断梦残碑劫后空。
峰竟能飞真可羡，佛无须跪也相通。
诗翁不作焚香客，长句吟成兴未穷。

（一九九九年七月四日）

下岗戏作

越愁生计越糟糕，下得岗来担怎挑？
入学小儿需赞助，开刀老母缺红包。
公司债务多于虱①，领导人情薄似钞。
卅载辛劳何所有？当年奖状挂墙高。

（一九九九年七月十八日）

【注】
① 俗语称"虱多不痒，债多不愁"。

《世纪颂》大赛领奖有感

锦心绣口聚京华，时代宜多好句夸。
雅颂吟来心未足，采风仍上野人家。

（一九九九年七月二十八日于北京）

戏题上海展览中心①

入云尖塔尚镏金,大厦何堪鼠蚁侵?
梁柱表层多裂缝,哪宜展览到中心!

(一九九九年八月十八日)

【注】
① 上海展览中心近年来管理混乱,经营滑坡,负债累累,建筑年久失修,梁柱倾折,已有多处险情。

遣 怀

朱弦重抚动清悲,回首芳菲事已非。
画上婵娟呼欲出,梦中蝴蝶傍谁飞?
别情浓似陈年酒,晕脑空如没字碑。
人自聚分星自转,寄言夸父不须追!

(一九九九年八月二十二日)

湖心亭小憩

忽晴忽雨欲何之?九曲桥边小憩时。
云入湖心藏雅趣,树添秋气动遐思。
拍栏同恨仓多鼠,举盏相期梦化诗。
品罢新茶窗外望,霁光如醉泻清池。

(一九九九年九月六日)

题春风得意楼①

独上春风得意楼，茶新街老兴悠悠。
壶中岁月长河浪，镜里功名短鬓秋。
泡沫层层须细品，杯盘草草不奢求。
红尘紫陌奔忙客，几个偷闲一捧瓯？

（一九九九年九月十七日）

【注】
① 春风得意楼系百年老茶馆，在新修建的"上海老街"上。

中秋寄远

此星球对彼星球，寥廓无言万里秋。
今夕两心应得似，传书不必写离愁！

（一九九九年九月二十五日）

回忆初恋，戏作

与汝相亲始惹痴，至今心醉卜邻时。
小窗人对初弦月，高树风吟仲夏诗。
梦好难追罗曼蒂，情深可上吉尼斯。
浮生百味都如水，除却童年酒一卮。

（一九九九年十月十一日）

秋日偶题

雁唳蛩吟夜雨清，风摇叶颤尽关情。
诗人枕畔秋先到，满耳潇潇是不平。

蟹可清蒸鳖可烹，秋风不必忆莼羹。
官场公款常开宴，怪底无人学季鹰！

（一九九九年十月二十一日）

秋　兴

丛桂飘香气转清，小园幽径且闲行。
凌霜已绽新畦菊，沾露犹多旧雨萍。
叶落残杯堪品味，风吹竹籁欲争鸣。
眼前有景无人说，采入吟囊自点评。

（一九九九年十月二十二日）

访太湖之源①

十里奔湍响未消,溯源来饮碧潭高。
不知今夜苕溪梦,流到梁溪第几桥?

(一九九九年十一月五日于临安龙须峡谷)

【注】
① 浙江临安龙须峡谷为苕溪源头,苕溪流入太湖,故此处有"太湖源头"之称。梁溪是我故乡无锡的河流。

游山戏作

斑斓秋树醉人浓,满壑溪喧细雨中。
和尚只收钱两块,许敲山寺一声钟。

(一九九九年十一月五日)

谒临安钱王祠①

敬上书生一炷香，抚碑良久立斜阳。
至今堪羡罗昭谏，不第犹能遇大王。

（一九九九年十一月六日于浙江临安）

【注】
① 罗隐，字昭谏，晚唐诗人。累试进士不第。五十五岁时谒吴越王始获礼遇。钱镠"爱其才，前后赐予无数，陪从不顷刻相背。"（辛文房《唐才子传》卷第九）

夜读戏作

莫笑书生两鬓丝，策勋封爵事迟迟。
小楼明月闻弦诵，仍似囊萤映雪时。

抱衾危坐四更初，挑尽残灯傍火炉。
佳句怕谁先写去，小斋翻遍古人书。

初冬忽暖忽寒中，把卷灯阑兴未穷。
新订诗刊十三款，此生端欲作吟翁。

（一九九九年十一月二十六日）

二十世纪末戏作

满耳喧嚣说二千,江楼独上望遥天。
日含羞落霓灯侧,星聚寒来鬓发颠。
人类有功传雅颂,地球无语献山川。
杞忧今夕难回避,涌向心头又百年!

(一九九九年十二月二十三日)

寄草原诗友

一回读信一回痴,敕勒川歌入梦时。
千里久寻谁是侣?两心忽遇竟缘诗。
胸中春草纷披野,笔底秋泉猛涨池。
转觉别离情调好,聚多未必更相思。

(二〇〇〇年一月四日)

小雨即兴

知时细雨不须求,向晚空蒙漫海陬。
灯聚星随春水涨,楼成岛入淡烟浮。
渔村百载寻无迹,都市千禧闹未休。
夜听潇潇宜小醉,一帘幽梦自绸缪。

(二〇〇〇年二月五日)

归去来辞

心境添烦鬓减青,那堪更听市朝声?
谁教举国钻钱眼?我欲逢人唱道情。
穷尚有诗囊未涩,醉仍忧世气难平。
春来已赋归田曲,从此书生不请缨!

(二〇〇〇年二月六日)

春日访喻蘅教授

万户侯何值一谈?访诗翁却喜沾沾。
举杯同酿心泉醉,说梦浑忘鬓雪添。
画上竹声来耳际,胸间天籁出毫尖。
从今常许春风坐,捻断吟须也觉甘。

(二〇〇〇年三月九日)

戏题黄飞鹏《众非斋词稿》

谁赋清词短复长?乱人思绪断人肠。
呕心沥血蚕丝湿,咏月吟风客梦凉。
纸背精雕情缕缕,毫尖细滴泪行行。
男儿也善痴痴怨,何独多愁是女郎!

(二〇〇〇年三月二十日)

签"离岗休养"协议，戏作

又抛心力又离岗，"休养"书生为底忙？
不怕推敲遭白眼，自甘求索断皇粮。
官家屡摆奢华宴，吟社难逢赞助商。
但愿世风终好转，钱囊富了富诗囊。

（二〇〇〇年三月三十一日）

春 兴

三春都市竟飞沙，且向村郊领物华。
摇曳柳条经雨重，往来燕子趁风斜。
何妨泥软沾芒屦？又试梅酸动齿牙。
处处莺歌声欲醉，不劳吟客手频叉。

（二〇〇〇年四月八日）

重 聚

好云好月久蹉跎，小聚欣然意若何？
抚鬓相怜添雪色，凝眸堪慰见清波。
百年对酒当歌少，一夕谈心惹梦多。
却笑重提花季事，激情仍觉热如魔！

（二〇〇〇年四月九日）

思 乡

照片珍藏脑海间,故乡风景惹人怜。
花光直扑门前醉,山影遥来枕畔眠。
归梦千回看烂熟,亲情万缕忆缠绵。
宅边高树今盈抱,先父栽时尚少年。

(二〇〇〇年四月二十四日赴京火车经无锡时作)

访老舍故居

几度来寻灯市西,小园丹柿下成蹊。
怕惊午梦门轻掩,忽响人声雀乱啼。
掌柜自尝茶苦涩,车夫敢怨路凄迷?
挂墙遗像虽含笑,我却吟成带泪题。

(二〇〇〇年四月二十六日于北京)

看电视连续剧《西游记》戏作三绝句

(一)

鼍龙捉罢又擒雕,佛眷仙亲也不饶。
倘得天庭严执法,何劳大圣代降妖?

(二)

青狮白象各兴灾，惹得高僧斗几回。
谁料人间添魍魉，竟从菩萨脚边来！

(三)

偶沾仙气化魔头，机遇来时下界溜。
我劝诸神多检点，自家孽畜自家收！

（二〇〇〇年五月四日）

接加拿大老同学信

飞雁传书到小楼，来逢春日去逢秋。
人添白发三千丈，月映沧波两半球。
天上有云堪作纸，世间无砚可磨愁。
童年梦境依然在，一捧遥笺一漫游。

（二〇〇〇年五月十九日）

三苏祠戏咏

寂寞红蕖映翠波，几人吟句忆东坡？
祠堂不及餐厅闹，游客来尝肘子多。

（二〇〇〇年五月二十九日于四川）

游峨眉山戏作

群岭攒成几秀眉？云藏雾锁在深闺。
游人漫作轻狂客，一瞥芳姿便忘归。

（二〇〇〇年五月三十一日于四川）

戏题花水湾温泉

又泡温汤又按摩，奇泉功效究如何？
硫磺只治皮肤病，难洗人心积垢多。

（二〇〇〇年六月二日于四川）

题都江堰二王庙

鱼嘴飞沙导急流，功追大禹炳千秋。
长城万里今何用？不及离堆土一抔！

（二〇〇〇年六月三日于四川）

青城山记游

众岭成城雨抹青,白云相伴作闲行。
吟诗漫步天然阁,洗肺流连滴翠亭。
老树不妨忘日历,小花何必问芳名?
山中随处仙风在,顿觉人间宠辱轻。

遥离紫陌入青城,仙气飘然拂面生。
一径通幽无雨湿,千林绝响有泉鸣。
洞中欲学天师术,世上谁看道德经?
安得人心洗流水,在山不染出山清。

(二〇〇〇年六月四日于四川)

千岁迎龙叠韵唱和二首

(一)

耀眼霓灯震耳钟,两千新岁恰逢龙。
头香几处求财运?公宴谁家撒酒疯?
心上杞忧黏似漆,笔尖诗味辣于葱。
升平歌舞危机在,自古书生感慨同。

（二）

换纪谁敲警世钟？人间莫好叶公龙。
图强尚缺清廉吏，反腐难除吃喝风。
沙暴频频袭都市，森林渐渐减青葱。
新千岁里弹冠客，安得思危与我同！

（二〇〇〇年六月九日）

游峨眉山返沪，追赋长句

峨眉秀色欲忘难，游罢归来兴未阑。
争食灵猴添野趣，憩枝枯蝶展奇观。
云端金顶峰擎起，谷底清音水送还。
回味山村肴馔美，辣麻不劝也加餐。

（二〇〇〇年六月十三日）

与草原诗友电话小叙

一线轻传万里音，草原问候抵春申。
遥来塞外情珍贵，直达江南语率真。
入夜畅谈如促膝，临风遐想更倾心。
古人有句今方信，友隔天涯若比邻。

（二〇〇〇年七月六日夜）

竹枝词·新闻点评（选六）

贪污大案金额动辄上百万上千万，多所见则怪亦不怪矣。

古有官场记现形，于今看去也平平。
不知多少新"公仆"，留取贪心照汗青。

透视官场更聚焦，贪污涨幅创新高。
而今怪事人听惯，热点翻能冷眼瞧。

某地一村长卖掉本村一半耕地得款八百万元，全年吃喝玩的费用竟高达一千万元。记者采访，上级领导称这仅是违纪而已。

丑闻听罢发冲冠，提干犹称严把关。
如此狗官谁重用？居然责任没人担！

某地一高级干部挪用巨额公款屡赴境外赌博，输光后潜逃。

贷来公款一呼卢，书记居然是赌徒。
倘得浮云可挪用，人间从此雨声无！

某县抗旱工程骗取拨款一百三十余万元，只建了几处应付上级检查的完全不能使用的管道，旱情依旧。

抗旱渠成水到无？灾民久盼眼干枯。
谁知滚滚工程款，先灌村官小酒壶！

某村耕田全被卖掉，却负债一亿两千五百万元，三任村长贪污一千多万，修建仿古豪华办公楼化费二千多万，坐的竟是龙椅。

凤阁豪华龙椅奇，小村那可派头低？
管他百姓无田种，先卖地皮撑面皮。

（二〇〇〇年七月十四日至八月二十七日）

鹧鸪天·夏日即兴

三伏倾城赤日光，竹帘遮暗小轩窗。
盆栽泼眼烟岚翠，杯饮穿肠泡沫凉。
摇蒲扇，点蚊香，推敲诗稿昼方长。
布衣心静身无汗，汗在趋炎名利场！

（二〇〇〇年七月十九日）

遣 怀

自喜中年鬓未疏，何须临镜叹头颅？
登楼阔步猿猱捷，倾盏豪情雨雹粗。
谈健与谁论大势？心雄犹欲驾长车。
不知吟得诗千首，也算书生报国无！

（二〇〇〇年七月二十六日）

整理旧诗稿

寒窗何啻十年功,仍恨描摹句未工。
小巷悲欢灯影里,危栏忧患雨声中①。
语多嬉笑常含泪,心满痴顽尚近童。
细草微风诗料足,此生不悔作吟翁!

(二〇〇〇年七月三十一日)

【注】
① 陆游有句云:"诗成灯影雨声中。"杜甫有句云:"细草微风岸,危樯独夜舟。"

生日戏作

巡天坐地转如盘,五十三圈指一弹。
树渐减青知岁晚,马因增齿识途艰。
境迁重访须凭梦,人去旋追已隔山。
却喜书生今练达,红桑碧海等闲看!

(二〇〇〇年八月四日)

父亲逝世九周年作

几度搬家西复东，浑忘老宅旧时容。
如何父子团圞梦，仍在童年小巷中？

（二〇〇〇年八月九日）

"文革"中在隧道公司听忆苦思甜报告吃忆苦饭，戏作

读书无用水平低，报告能将觉悟提。
家史说来多血泪，窝头啃去胜豚鸡。
猛添筑路开河劲，狠掘埋修葬帝泥。
我辈辛劳不知苦？原来身泡蜜糖哩！

（二〇〇〇年八月十二日）

在深圳参加中华诗词研讨会下榻西丽湖度假村，戏作

西丽湖村作会堂，特区情调不寻常。
陌生电话多娇语，火爆期刊半裸装。
南国秋阳仍似夏，中华风气忽如洋。
谁知开放添新象，惹得诗翁数夕慌。

（二〇〇〇年九月二十六日于深圳）

在深圳西丽湖度假村参加全国第十三届中华诗词研讨会后与诗友话别

南来云彩北来烟,小驻轻峦秀水边。
逸兴满湖堪酿酒,健谈逢友即成泉。
泥留指爪心留梦,聚计时分散计年。
相隔关山天有意,好驰遐想著吟鞭。

(二〇〇〇年九月二十八日于深圳)

寄黑龙江诗友

同游南国海天宽,话到风骚兴未阑。
放眼碧波飞白艇,开怀绿酒晕朱颜。
诗名安得千秋在?明月何妨两地看!
几度浦江清夜梦,又携吟草越关山。

(二〇〇〇年十月六日)

盆栽花草

久别山林情意牵，栽红种绿小窗前①。
柔条挺秀迎春雨，瘦石封苔染夕烟。
致性顺天枝硕茂，拈花拂草梦翩跹。
地球移植成盆景，取养长教翠且鲜。

（二〇〇〇年十月十四日）

【注】
① 柳宗元《种树郭橐驼传》："橐驼非能使木寿且孳也，能顺木之天，以致其性焉尔。"

与友人饮茶畅谈

一帘微雨淡香含，灯影茶烟对榻谈。
世味咖啡浓带苦，人生橄榄涩藏甘。
选诗何惜删千百？倾盖须求遇二三！
话到功名都不语，笑看梧叶落江南。

（二〇〇〇年十月三十一日）

读《水浒传》有感

也非魔怪也非星,血性人儿百八名。
反是良民被官逼,道须好汉替天行。
庙堂真有集贤殿,水泊何来聚义厅?
我劝诸公重细读,休将故事等闲听。

(二〇〇〇年十一月九日)

登金茂大厦

巨厦摩天颤客心,电梯数秒已登临。
来看谷变陵迁貌,欲听星移斗转音。
烟霭晴铺千里翠,江城夕镀一层金。
彩云撕片堪留念,归染遐思助啸吟!

(二〇〇〇年十一月二十七日)

重访老宅

小街深巷漫重游,风雨年轮几处留?
老宅欲寻翻似客,离怀易感更逢秋。
眼前饱览新添景,梦里珍藏已拆楼。
梧叶至今仍识我,飞来又拍故人头。

(二〇〇〇年十二月十九日)

与友人茶楼小聚,以诗送别

不必相逢总恨迟,只应知足得相知。
新茶片片添谈兴,旧曲声声惹梦思。
世上崇高谁向往?心中淡泊共维持。
人生易作天涯客,常是离时忆聚时。

(二〇〇一年二月二日)

元宵节漫笔

闹市观灯遍绮罗,小斋闲坐欲如何?
水仙一室清芬气,"酒鬼"三杯潋滟波。
今夕倾城放花炮,几时寰宇息干戈?
书生且把幽帘梦,包入汤圆手自搓。

(二〇〇一年二月七日)

情人节戏作

西俗东渐势若潮,外来佳节顿时髦。
人趋现代情翻薄,花到今宵价却高。
雅座包间多惜玉,富商豪吏各藏娇。
堪忧童子无知甚,也向街头学搂腰。

(二〇〇一年二月十四日)

春　雨

都市飞尘一洗空，知时好雨又蒙蒙。
檐声小夜弹成曲，灯影长街晕作虹。
花树似人云鬓湿，江楼如画墨痕浓。
纵然春梦风吹去，只在轻烟淡霭中。

（二〇〇一年二月二十八日）

迎春漫笔

欲饱诗囊不用金，江南随处踏歌寻。
鸟于柳色新时闹，春自梅香去后深。
陶醉乱花生蝶梦，倾听好雨润琴心。
东君在位谋其政，亘古枯荣管到今！

（二〇〇一年三月十二日）

与友人谈论数学，戏作

习题虽旧话题新，调侃人生笑语频。
交友须求圆外切，争权谁肯角平分！
爱情因式殊难解，命运方程可有根？
但愿官场繁化简，休教排列乱纷纷。

（二〇〇一年三月十七日）

春日偶作

忽觉熏风暖入怀,小园添绿又春来。
低檐听燕依依语,幽径看花脉脉开。
烟景连年留绮梦,诗心随处醉芳杯。
如何客鬓仍秋色,不让东君染翠苔?

(二〇〇一年三月二十三日)

春　游

寻春漫步到芳郊,不信柔情梦已遥。
求侣黄鹂各争宠,牵人翠柳又撒娇。
小溪经雨吟新曲,斜燕衔泥觅旧巢。
老却书生痴未减,嫩红浅碧莫相撩!

(二〇〇一年四月五日)

游达蓬山,戏作

庆幸求仙事泡汤,只留崖刻说荒唐。
秦皇真得长生草,百姓何年达小康!

(二〇〇一年四月二十三日于浙江慈溪)

雨中游雪窦山二绝句

（一）

挂崖飞瀑吐云岚，满谷幽花湿鬖鬖。
春梦一沾烟雨后，情丝万缕总难干。

（二）

幽壑行吟韵更清，心泉添雨起涛声。
归来诗笔沙沙响，欲作悬崖瀑布鸣。

（二〇〇一年四月二十三日于浙江溪口）

溪口小饮

窗外青山映剡溪，楼头煮芋又烹鸡。
新朋把盏旋如故，醉客谈诗倍入迷。
游兴浓嫌村酒淡，笑声高怨夕阳低。
此情他日成追忆，几处吟笺月下题？

（二〇〇一年四月二十四日于浙江溪口，五月三日改）

游宁波天童寺

山名太白寺天童，险谷幽林气象雄。
月自晋唐窥古刹，云来江海化奇峰。
长年佛殿香烟满，何日人心宠辱空？
落拓书生经历惯，无须跪拜问穷通！

（二〇〇一年四月二十五日于宁波）

某公司戏咏

科员做梦想当官，科长升官梦未阑。
科室人人都做梦，无须借枕到邯郸。

干部从来盼擢升，不吹不拍是无能，
君看使巧行乖者，先入公司管理层！

公司领导昨颁文，干部新提又一群。
狗盗鸡鸣多得意，想来都遇孟尝君。

（二〇〇一年五月七日）

轩辕庙抒怀

来向轩辕一放歌，心声跌宕响高坡。
皮肤未悔同黄土，动脉堪豪有碧波。
安得埙篪长奏乐，终教棠棣不操戈。
诗人自愧升平世，荐血无多荐泪多！

（二〇〇一年五月八日）

水龙吟·始祖山放歌

放歌始祖山中，心泉顿涌滔滔水。肤如黄土，血如碧浪，谁堪媲美？幽壑摇篮，秀峰怀抱，人文荟萃。纵投胎千次，黑睛黑发，好儿女、终无悔。　　滚滚豪情欲沸，举金樽、为轩辕醉。寻根拜祖，人生答卷，交须无愧！义勇军歌，满江红曲，回肠荡肺。使吾侪唱罢，揣神州梦，热龙孙泪！

（二〇〇一年五月十一日）

记 梦

倒转时光入梦游,青春故事又从头。
初逢俊侣情如火,重返芳园客似鸥。
握手披襟皆一瞬,铭心镂骨足千秋!
天垂星月人垂泪,湿透残宵百尺楼。

(二〇〇一年六月十日凌晨)

老宅拆迁

忽闻工地响惊雷,老宅俄成瓦砾堆。
此处重寻皆故事,今宵难遣是离怀。
儿童绕井常喧闹,邻曲推门久往来。
藏块碎砖人莫笑,梦中欲建旧楼台!

(二〇〇一年七月五日)

夏日读黄润苏教授《澹园诗词》

展卷浑忘赤日炎,清新风拂小窗前。
芳心酿酒酬莺侣,健笔含香咏水仙。
吐出春蚕丝湿润,写来残梦影斑斓。
分明情思浓浓在,底事书名署澹园?

(二〇〇一年七月二十一日)

鱼韵十律（选八）

童年琐忆

大任天虽未降予，童年岁月忆贫居。
饭钱省下添钢笔，烂铁收来换好书。
已惯一身衣有结，哪嫌半载食无鱼！
穷人孩子当家早，富姐娇哥恐不如。

离岗自嘲

做事顶真堪笑予，糨糊不捣下岗居。
批评当面诚心讲，总结年终直笔书。
本为公司除硕鼠，哪防领导炒鱿鱼！
从今闭户吟诗去，昼寝宵衣转自如。

归去记乐

豁达襟怀谁赐予？微官辞却赋闲居。
气豪能饮千杯酒，囊涩因添满屋书。
一觉放心无梦魇，三餐扪腹有蔬鱼。
新茶试罢诗吟妥，此乐神仙也不如！

闲居漫笔

散漫不求人识予，出门何似闭门居？
身需社保一张卡，心系家藏半壁书。
思友已栽君子竹，爱诗那羡美人鱼！
女儿恰服减肥药，淡食粗茶共晏如。

思友抒情

莺侣二三堪慰予，游踪无奈似星居。
雨生春草添遐想，风剪秋云寄远书。
月下几回闻玉笛，天涯何处忆鲈鱼？
迩来新置"伊媒尔"，消息频传喜跃如。

动迁赠别

动迁终到汝和予，小巷难忘卅载居。
分手芳邻千句话，搬家夫子一车书。
秋风天井曾移菊，春雨窗台共养鱼。
从此高楼人有梦，重寻故宅欲何如？

诗社说艰

广厦成千不属予，小诗无苑可安居。
借人檐下一张桌，编我手头多部书。
几度吹箫过市井，何年弹铗得车鱼？
从来求索途修远，坎坷初尝莫慨如！

地球赋忧

求取安能只顾予？山川污染不堪居。
锦囊谁有医愚策？臭氧时传报警书。
长把地球当敌国，终看人类化群鱼。
身边涓滴须珍惜，莫道源泉总裕如！

（二〇〇一年七月二十六日至七月三十日）

游杭州孤山

不见林和靖，游山我亦孤。
楼台皆有梦，烟雨自成图。
世上风弥醉，坟头草已芜。
高亭空骋目，舟楫满西湖。

（二〇〇一年八月七日）

题茶楼

已惯闻鸡起炕头，健身操罢泡茶楼。
清晨香气壶中沏，幽壑泉声舌上收。
杯为闲聊共倾盖，腹凭畅饮可撑舟。
人间多少黄金梦，未抵观音铁一瓯！

（二〇〇一年九月三日）

金缕曲·戏说长城

　　万里长龙舞。几千年、似醒似睡，卧云穿雾。遥想雄关烽火起，四处鸣金击鼓。使多少、魂游尸腐？漫道中华脊梁骨，细思量、此骨何曾竖？承受尽，辱和侮。　　断垣残堞生狐鼠。怎敌他、舰来海上，骄夷贪虏！我觉长城短巾耳，华夏肩披肘露。甚奇迹、寰球自诩？安得蓝图重设计，铸铜墙铁壁非砖土。凝血肉，聚心腑！

（二〇〇一年九月十八日）

点绛唇·相思

　　最怕分离，斜阳急得腮红透。乱峰昂首，云髻匆匆走。　　泪点盈盈，满脸添星斗。风独奏，月光如酒，梦把心扉叩。

（二〇〇一年九月二十二日）

卜算子·回忆

不敢写相思,回首肝肠痛。岁月长河小岛多,往事波间耸。　　心底一泓泉,乱向秋山涌。涌到悬崖溅作珠,无数斑斓梦。

（二〇〇一年九月二十三日）

金缕曲·中秋寄远

耿耿秋心动。见神州、婵娟十亿,映人瞳孔。今夕月光瓢泼水,湿透风情万种。寥廓里、冰轮腾涌。岁岁素娥纤弱手,为地球、轻抚伤和痛。星谱曲,海吟诵。　　二泉何处丝弦弄?向空明、飘浮旋律,风眠云耸。墙畔小虫篱畔草,愿尔皆圆好梦。露闪烁、新诗一捧。地角天涯知己在,对琼楼玉宇相思共。斟满月,酒杯重。

（二〇〇一年十月一日）

玉伟、长鸿来沪小聚，别后遥寄

塞北友人游兴酣，清秋结伴访江南。
金风染叶诗怀俊，玉露盈杯酒味甘。
星斗散居遥致意，烟云小聚急倾谈。
别来数夕灯前坐，犹觉依依对影三。

（二〇〇一年十月十一日）

秋游雁荡山

雁荡风光好，群峰气骨清。
一泉飞绝壁，万壑响秋声。
桂醉山襟抱，云知洞性情。
忘归亭上坐，夕鸟莫催鸣。

（二〇〇一年十月十四日于浙江）

与友人品茗畅谈

一夕倾谈聚小窗，清风满室散茶香。
纱灯影共闲情淡，丝竹声随雅兴长。
灶上雪涛才数碗，世间槐梦又千场。
夜阑人踏归途月，未觉梧桐露水凉。

（二〇〇一年十一月六日于老房子茶馆）

二〇〇二年元旦向明中学校友聚会，赋诗赠加拿大老同学，仍用前韵

重坐童年教学楼，青春鬓色转金秋。
临窗昔共翻书本，握手今须跨地球！
小聚光阴短于梦，远离寥廓大如愁。
砚池频有风涛起，送我诗心万里游。

（二〇〇二年一月一日）

病中戏咏(鱼韵)

流感传来苦煞予，柴胡气味满幽居。
七天灶上煎熬药，几度床头跌落书。
温课女儿巾捂鼻，劝餐老母粥添鱼。
贱躯从此知珍贵，宝马高轩尽不如！

（二〇〇二年一月十一日）

与老同学相聚老房子茶馆

同窗怀旧老房来，共饮新茶话匣开。
说到少年情趣事，笑声依旧两无猜。

边忆青春边品茶，老房情调满旮旯。
缤纷梦影壶中泡，泡出清香与浪花。

又洗杯盘又烫壶，好茶欲饮费功夫。
不知明日天涯梦，常聚老房茶馆无？

（二〇〇二年一月十三日）

水调歌头·记山中遇雨投宿

隔岭闷雷响，惊散一群鸦。天边云集兵马，黑压险峰斜。转眼大风吹走，万点松间星斗，急雨泻泥沙。千壑狂涛起，人兽化鱼虾。　野空裂，闪电挂，窜龙蛇。瀑声如吼，危崖转处见人家。款待山肴村酒，狼藉瓦盆陶缶，烂醉梦天涯。明日清溪涨，一楫送飞槎。

（二〇〇二年三月二日改旧作）

水龙吟·春雨

当春好雨珊珊，散丝天外来何处？瑶池仙子，灌花浇草，泼翻几许？顿使人间，弥空垂挂，珠帘无数。引水乡二月，江南千里，即兴曲，东君谱。　　今夕绿烟堪煮，沏新芽、一壶芳乳。檐声不断，乡情渐醉，诗心欲舞。梦里春山，动人眉黛，更添楚楚。忆少年撑伞，彷徨雨巷，与伊人遇。

（二〇〇二年三月五日）

六州歌头·情

情为何物？千古惹人迷！杨柳岸，芙蓉浦，恨逢迟，惜分飞。百计难回避：豪时啸，闲时咏，柔时醉，离时怨，失时啼。青梅竹马，此窦初开后，心病谁医？便痴言痴语，眼里有西施。瘦损腰围，苦追伊。　　叹天地老，凄而美，生死许，壮而悲。绾成结，编成网，吐成丝，总依依。多少缠绵梦，虽写就，却无题。染芳草，藏红豆，涨秋池。搜得风花雪月，尽翻作、跌宕新词。渲人生画卷，水墨更淋漓，枯笔添奇。

（二〇〇二年三月二十一日）

书 怀

岁月如烟逐逝波，中年豪气未消磨。
向天常问情何物？把酒能浇恨几多！
客里关山衰短鬓，胸间风雨啸长歌。
诗人欲共斜阳醉，好染霞光万里酡。

（二〇〇二年三月三十日）

游延安

小米步枪黄土坡，军民团结扭秧歌。
不知丰泽园中乐，可比杨家岭上多？

（二〇〇二年四月七日于陕西延安）

游西安

骋目秦川一放歌，遥看历史展银河。
帝王浑似流星雨，坠向长安墓穴多！

（二〇〇二年四月七日于西安）

登秦始皇陵

足踏皇陵气自遒,祖龙头上任遨游。
大王暴敛如狼虎,巨冢长眠亦髑髅。
只许独夫传二世,已遭百姓骂千秋。
有人吹捧终遗笑,毕竟江河不逆流!

(二〇〇二年四月七日于西安)

游华清池戏作

白玉雕成体态丰,又看妃子浴池中。
游人纷沓争留影,不向骊峰向乳峰。

(二〇〇二年四月七日于西安)

咏懿德太子墓

到此时光似倒流,地宫阴气逼人幽。
杖声鞭影魂千载,玉叶金枝土一抔。
壁画依然歌圣德,草花那敢诉闲愁?
堪怜太子长遗恨:埋近乾陵不自由!

(二〇〇二年四月八日于西安)

咏乾陵

陵不名坤却姓乾,奇峰如女卧秦川。
石雕斑驳留豪气,地室苍凉葬霸权。
碑上白云千古写,世间青史几人传?
村民烂熟姑婆①戏,说到淫威尚悚然!

(二〇〇二年四月八日)

【注】
① 乾县村民俗称乾陵为"姑(音瓜)婆陵"。

沁园春·回忆初恋

数十年来,脑海珍藏,昨夜星空!忆满园旋律,蛩鸣浅草;两人天地,月挂初弓。夏日眠荷,春风舞柳,一傍秋山醉了枫。心底语,似碧螺新沏,玉粒精舂。　　归来蝴蝶匆匆,问采得相思梦几丛?有葱茏往事,波间耸岛;斑斓遐想,雨后飞虹。百味浮生,皆如水淡,除却韶年酒一盅!迎夕照,把黄花吟瘦,红豆掂浓。

(二〇〇二年四月二十一日)

读退庵金居翼先生略传感赋二律

竣节千秋泣鬼神，惊雷断石世无伦。
仰看明月心驰梦，追慕清风泪湿巾。
贤哲洁身甘澹泊，俗情趋利失淳真。
不知多少名场客，应向先生学做人！

读罢奇传兴未穷，梦魂飞向月城东。
于今世道修行少，到此人心景仰同。
亮节高风青史在，荒台闲阁白云空。
明朝斟酒桐江畔，先酹严光后酹公！

（二〇〇二年五月十日）

题画册

羡君随处笔飕飕，无限风光纸上留。
远足不劳移跬步，自搬山水自遨游。

（二〇〇二年五月十八日）

话　别

春风遐想愿人知，剪雨裁云入砚池。
千里久寻谁是侣？两心忽遇竟缘诗。
月逢倾膝成良夜，酒到开怀近别时。
红豆更宜离后采，聚多未必最相思！

（二〇〇二年五月二十日）

壬午端阳有怀屈原，戏作

不读官场厚黑篇，博闻强记也徒然。
君王冷落行吟客，转使诗篇火爆传。

（二〇〇二年六月十五日）

忆故乡

山上桃林水畔庐，门前杨柳两三株。
别来无数还乡梦，挂月牵风到太湖！

（二〇〇二年八月十日）

题黄山画册

云海空蒙气象雄,沉浮七十二奇峰。
人间多少黄山辈,未许排行五岳中!

（二〇〇二年九月一日）

咏昙花

夜半清幽暗放花,何尝一现向人夸?
东方未晓匆匆去,不共牵牛吹喇叭。

（二〇〇二年九月一日夜半）

向明中学百年校庆

回忆悠扬上课钟,百年桃李醉春风。
同追桌畔窗前梦,重聚天南海北鸿。
华鬓未妨仍抱璞,健谈堪喜又还童。
校园笑影知多少?飞入珍藏小照中!

（二〇〇二年十月六日）

咏小寨沟瀑布群

谁奏高山流水音?穿云裂石动人心。
满崖大小丝弦响,万叠飞泉一竖琴!

(二〇〇二年十月十七日于河南焦作修武县)

访竹林七贤遗址

幽壑行吟醉夕烟,欲寻醒酒石台眠。
竹林又为书生舞,庆幸人间尚有贤!

(二〇〇二年十月十七日于河南焦作修武县)

百家岩寺进香

翠谷红曛一径深,碑林苍老竹林新。
百家岩寺遭千劫,犹有焚香许愿人。

(二〇〇二年十月十七日于河南焦作修武县)

咏双心潭

一潭碧水贮深情,多少游人歇步听。
十里奔湍欢快响,两心融合却无声。

(二〇〇二年十月十八日于河南焦作修武县)

舍身崖拍照

烟笼峭壁白松斜,拍景须从胜地抓。
回首忽看云散处,始惊人在舍身崖!

(二〇〇二年十月十九日于河南焦作沁阳市)

咏神农山

石染苍烟叶染霜,千秋功德忆羲皇。
满山花树轻云过,尽带神农药草香。

(二〇〇二年十月十九日于河南焦作沁阳市)

咏女娲补天峰

炼石尚留霄壤间，女娲功迹不虚传。
寰球从此须呵护，莫累神仙再补天！

（二〇〇二年十月十九日于河南焦作沁阳市）

赞白皮松

雪肤从不傅铅华，风振羽衣凌紫霞。
借问美人谁得似？敢移莲步舞悬崖！

（二〇〇二年十月十九日于河南焦作沁阳市）

咏一线天

枕石漱流栖碧山，深沟陡壁绝尘寰。
风云毕竟须关注，留得长天一线看。

（二〇〇二年十月十九日于河南焦作沁阳市）

谒李商隐墓

抚碑良久一潸然,诵句缠绵问义山:
吾辈欠君多少债?千秋索泪要偿还!

(二〇〇二年十月十九日于河南焦作沁阳市)

题青天河

丹河澄澈映青天,高峡平湖草木鲜。
不必入唇尝碧水,一闻清气即知甜。

(二〇〇二年十月二十日于河南焦作博爱县)

古丹道上骑马

古丹道上忆曹瞒,我亦行吟策马还。
诗句忽添雄壮气,只缘身在太行山!

(二〇〇二年十月二十日于河南焦作博爱县)

谒杜甫陵园

人心重利自轻儒，诗圣陵园吊客疏。
岁月纷纷随叶落，歌吟寂寂逐风呼。
笔端佳句惊神鬼，冢上斜晖绕鼠狐。
莫为朱门频感慨，从来酒肉臭难除！

（二〇〇二年十月二十一日于河南巩义市
　　　十一月十日定稿于上海）

访杜甫故里

无须画栋与雕梁，一孔寒窑出凤凰。
笔架山前怀巨擘，砚台池畔诵华章。
小诗能被尊为史，故宅何妨破到墙！
黄叶不曾缘客扫，遣谁秋兴咏苍凉？

（二〇〇二年十月二十一日于河南巩义市
　　　十一月十三日定稿于上海）

与江宏回忆淡水村往事

书生意气尚翩翩,狼藉杯盘话少年。
邻舍佳人共倾慕,故村明月最婵娟。
情因忆旧浓于酒,梦被埋深淡似烟。
莫道相思灰已死,一提初恋即重燃。

(二〇〇二年十一月二日)

写诗戏作

嚼墨捻须自着迷,闲身已惯闭门栖。
童心洒脱饶遐想,老脸轻松少皱皮!
岁月如倾多米诺,人生似逛迪士尼。
神游万里凭诗兴,不必掏钱上客机。

(二〇〇二年十一月二十六日)

《情缘未了》越剧①演唱会

沉醉丝弦竹板音，聚光灯下共沾巾。
当年鬓影已添雪，此刻掌声仍遏云。
才上"楼台"会知己，又游"沙漠"妨佳人。
全家笑我情难了，梦话今宵尽戏文！

（二〇〇二年十二月十六日夜）

【注】
二〇〇二年十二月十六日晚上在逸夫舞台观看虹口、静安、卢湾三家越剧团一批久未登台的老中青演员精彩演出，剧场气氛热烈感人。《楼台会》、《沙漠王子》等均为当晚演出剧目。

除夕漫笔

一年忙到蜡梅横，又向今宵庆岁更。
举国酒杯倾骇浪，漫天花炮坠流星。
寺钟敲出新春梦，牌桌围来不夜城。
无语地球旋转急，人间添得几喧腾！

（二〇〇二年十二月二十日）

鹧鸪天·新年漫笔十首

（一）

堪笑书生翰墨缘，飞来飞去鹧鸪天。
残冬面壁肝肠热，静夜铺笺手足寒。
邮海外，寄天边，春风频度玉门关。
人间只见皮囊老，不信诗心有暮年！

（二）

纵结红尘百岁缘，无非三万六千天。
身居都市须忘闹，心有梅花不觉寒。
追梦里，入吟边，长车频驾到雄关。
书生感悟知多少？写满诗囊又一年。

（三）

结得相思一段缘，蛾飞茧缚不由天。
聚时肝胆冬犹热，别后琴樽夏亦寒。
幽径里，曲篱边，人生难度是情关。
谁知握手才三秒，刻骨镌心到百年！

（四）

辜负韶华未尽缘，晚霞如绮雨余天！
诗中未觉春心老，梦里还怜玉臂寒。
枯鬓角，湿腮边，一张情网几重关？
人生此事长堪恨：聚计时分散计年！

（五）

未了秋波一转缘，长空望断雁行天。
满庭花影随心碎，万里江声逼枕寒。
吟月下，醉云边，情关难过又禅关。
人间片刻缠绵梦，抵得神仙数百年。

（六）

漫道无缘或有缘，离多聚少奈何天！
愁心远寄琴音杳，绮梦初回月影寒。
山色外，水声边，人生几度唱阳关？
逢君即欠相思债，算到今宵整廿年。

（七）

我与缪斯一染缘，其余万事付之天。
逢迎最使情怀恶，潦倒何妨骨相寒？
灯影里，雨声边，狂吟醉草户常关。
时人诵罢风流句，错认诗翁尚少年！

（八）

心许梅花有夙缘，不须迎合艳阳天。
凌云健笔鞭穷厄，扑鼻清香傲苦寒。
荒驿外，断桥边，人间苦乐总相关。
得君知己平生足，抖擞精神送旧年。

（九）

不共权奸结善缘，敢嘲冥府敢嘲天。
柔毫似剑思除恶，硬骨如松欲斗寒。
当此际，向谁边？诗人盟誓咬牙关：
贪官一万年存在，痛骂贪官一万年！

（十）

堪喜骚坛广结缘，鹧鸪声里迓春天。
放飞遐想能防老，搅动豪情可御寒。
吟柳下，立梅边，几人诗赋动江关？
小楼题满琳琅句，惬意舒心过大年！

（二〇〇三年一月十日至一月十二日）

参观三星堆博物馆①

谁埋珍宝古坑中?碎月残星落太空。
历史巫师舞金杖,文明妙手铸青铜。
堪惊智叟犹猜谜,莫笑愚公未启蒙!
走出五千年隧道,远山依旧夕阳红。

(二〇〇〇年六月一日于四川
二〇〇三年二月十二日定稿)

【注】

① 三星堆博物馆展示出土的商代玉器、骨器、陶器、金器、青铜器等上千件珍贵文物。"金杖""青铜神树""青铜立人""青铜面具"等均为前所未见的稀世珍宝。许多神秘的谜团至今难解。

春探西溪步东遨韵

一度游杭一忘机,探幽寻胜入林迷。
寒梅绝俗穿云瘦,小鸟依人掠水低。
梦里春山常醉我,眼前芳草倍思伊。
此番新识蓬莱路,西子湖西更有溪。

(二〇〇三年二月二十一日)

编辑《上海诗词》有感

渴望期期吐友声，尽抛心力苦支撑。
大都市里小刊物，古体诗中今性情。
稿件频添春水涨，吟坛又有凤雏鸣。
苍天不负吹箫客，赞助求来事竟成！

（二〇〇三年二月二十六日）

人生随笔

一页看完一梦除，人生绝似急翻书。
不知章节余多少，还有新鲜故事无？

（二〇〇三年二月二十八日）

春行

江南三月趁晴明，小别红尘远踏青。
燕子剪开春序幕，桃花点亮客心情。
是谁溪畔曾栽柳？到此亭前共醉莺。
泼眼风光浓似酒，东君酿罢向人倾。

（二〇〇三年三月二十八日）

骤雨

夜来风吼起涛声，顿觉高楼危欲倾。
灯火满城江畔晃，雷霆万鼓枕边鸣。
是谁泼墨淹星月？教我闻韶醉性情！
白雨黑云磨洗后，长天又有一番青。

（二〇〇三年四月二十九日）

自题《飞瀑集》

几经风雨几经晴，飞瀑成川急且清。
一自源泉融白雪，终教涓滴赴沧溟。
谷音频起诗交响，浪迹长留梦旅程。
每到人间波折处，满崖都是放歌声！

（二〇〇三年四月三十日）

春游沈园

小径花飞土带香，草亭无语立斜阳。
鸟寻幽梦穿林遍，柳写春情蘸水长。
恍惚书生非醉酒，缠绵诗句尚留墙。
沈家园里红酥手，牵尽人间九曲肠！

（一九九一年十一月八日初游绍兴
一九九六年四月二十五日二游绍兴
二〇〇三年五月十六日定稿于上海）

游龙门石窟

远道来瞻劫后珍，果然奇绝遍龙门。
碑藏深穴三千品，佛聚危崖十万尊。
残臂断头留痛史，莲花贝叶有惊魂。
谁知四大皆空地，满是中华血泪痕！

（一九九六年九月二十一日游洛阳
二〇〇三年五月十七日定稿于上海）

峨眉山李白听蜀僧濬弹琴处

此处弹琴史料奇,录来声像盛唐时。
碧山围作回音壁,白水流成奏乐池。
万壑松风长激赏,满天星月共沉思。
帝王多少金门诏,未抵书生一首诗!

(二〇〇三年六月三日定稿)

金缕曲·手

何计酬劳汝?忆儿时,翻墙摘果,捕蝉爬树。挥镐握锹多厚茧,共度打工寒暑。入壮岁,将雏挈妇。把盏击壶提宝剑,挟豪情,振笔临池舞。泪偶拭,卷常抚。　　相携拼搏人生路。到而今,骨隆峻岭,肤干贫土。老大青筋蜿蜒起,酷似长城分布!伸十指,根雕铜塑。擦掌摩拳扶摇上,健身操,万里风鹏举。功遂退,敛如故。

(二〇〇三年六月十日定稿)

金缕曲·读《岳飞传》

撼岳家军易！仅朝廷，诏传几道，狱生三字。英骨未抛沙场上，先折风波亭里。好河山，伤痕累累。惜死爱钱官多少，向西湖，歌舞升平醉。再铸铁，尽须跪！　　是非颠倒谁之罪？使神州，忠肝义胆，屡成冤鬼。空有满江红一曲，千古回肠荡气！高唱罢，纵横热泪。骚客襟怀长耿耿，把精忠二字心头刺。思报国，血如沸！

（二〇〇三年六月十日定稿）

游天台山国清寺①

黄墙一道隔红尘，古刹今逢第几春？
晋字已残仍俊逸，隋梅虽老却精神。
穿廊听雨禅参透，登阁看云性返真。
享得清闲方半日，小诗风骨焕然新！

（二〇〇三年六月十三日于浙江天台山）

【注】
① 天台山国清寺内有王羲之书"鹅"字碑（现存半字，另一半为后人所补）和隋代梅树一株。

游天台山赠诗友

忽忘今夕是何年，小驻天台驾紫烟。
历代人踪同泯灭，满崖神草尚新鲜。
白云言志时倾雨，翠岭抒怀共响泉。
诗侣不求刘阮梦，心声一吐即成仙。

（二〇〇三年六月十三日夜于浙江天台山）

咏天台山杜鹃

自寻云罅石丛栽，织锦铺霞遍岭开。
堪羡小花多洒脱，择居知向好山来。

（二〇〇三年六月十四日于浙江天台山）

金缕曲·怀念李白

白也顽童耳！久离家，听猿两岸，放舟千里。爱到庐山看瀑布，惊叫银河落地。常戏耍，抽刀断水。不向日边争宠幸，却贪玩，捉月沉江底。一任性，竟如此！　　人间难得天真美，且由他，机灵乖巧，尽成权贵。一句"举头望明月"，九域遍生诗意。身可老，心留稚气。我欲与君长作伴，唤汪伦，组合三人醉。同啸傲，踏歌起。

（二〇〇三年七月十二日）

科尔沁大草原旱情严重,游罢归来寄白城诸诗友①

游罢荒原添旱情,我心随草共枯荣。
白城喜降甘霖日,电话无忘告乃兄!

(二〇〇四年七月二十八日于哈尔滨)

【注】
① 八月一日接马富琳短信:"旱象仍如前,民心似火煎。劳君亲动问,勿忘报平安。"八月四日接王述评短信:"天公昨夜瞖人间,始觉甘霖果降偏。扯缕君家长寿面,化成细雨润荒原。"

访呼兰萧红故居

萧红像前立,远客泪模糊。
绕屋花香在,临窗倩影无。
才情多故事,生死有奇书。
掸去蜘蛛网①,悲凉未扫除。

(二〇〇三年七月二十九日于黑龙江呼兰)

【注】
① 萧红像前结大蛛网,余索来笤帚,为之掸除。

长春伪满皇宫

倒转时光六十年,楼台此地尚森严。
龙能登极虽名伪,狗为求荣却态恬。
旧史点评苔满径,深宫采访月穿帘。
未知今日人间世,几处王侯梦正甜?

(二〇〇三年八月二十三日于长春)

长白山天池二绝句

(一)

放眸林海接云涛,风送诗人上碧霄。
未到天池真俗子,犹居闹市说清高!

(二)

来读乾坤壮丽诗,地球张口吐天池。
人知渺小虔诚立,恰是襟怀博大时。

(二〇〇三年八月二十五日于吉林)

长白山小天池

水光澄澈镜新磨,山色斑斓倒影多。
不是有人投片石,天池那得起风波!

(二〇〇三年八月二十五日于吉林)

秋游吉林即兴

北上春城恰遇秋,爽风清景豁吟眸。
一潭净月真空境,几处高墙伪满楼。
地涌温泉送关爱,天飞陨石作交流。
诗人也学车提速,发动灵机即兴讴!

(二〇〇三年八月二十六日于长春)

与淑萍、京战在湖南浏阳谒文庙和谭嗣同故居,雨中登孙隐阁饮茶

水色山光入高阁,沩云斟雨共倾谈。
风流儒雅须尊孔,肝胆昆仑定学谭。
举盏合分论大势,拍栏成败作微观。
胜游相约吟新句,留待一千年后刊!

(二〇〇三年九月十六日于湖南浏阳)

游桃花源戏作

导游小姐彩旗挥,叫卖村民四面围。
赏罢桃林观菊圃,穿过石洞觅柴扉。
仍贪杯客今无数,不折腰官尚有谁?
喜见避秦人下海,垂髫黄发把茶擂①。

（二〇〇三年九月十八日于湖南常德）

【注】
① 当地出售特产"擂茶",系将茶叶、生姜、芝麻、黑米等捣成粉末煮汤喝,有保健功能。

秋日感慨

萧飒风来满小楼,杜康何以解千忧?
官场忌器难投鼠,股市揪心共盼牛。
同学不追桃李梦,中年更拙稻粱谋。
一从谙尽愁滋味,能咏天凉几个秋!

（二〇〇三年九月三十日）

金缕曲·新游子吟

异国花千树。恁西风、偏吹黑发,早凋无数。赤子心泉何所似?一座黄河水库!蓄几顷、浪狂云怒。回首少年剖肝胆,聚神州、意气相期侣。壶口瀑,共倾吐。　　梦回灯火阑珊路。望东方、那人却在,地平线处。但愿此身成灰后,化作流星之雨。仍陨落、高坡黄土。余指九天以为正:半为伊、半为轩辕故!漂泊叶,向根舞。

(二〇〇三年十月八日)

重阳登高

栏干拍到最高楼,两袖新凉酒一瓯。
诗绪纷纷风口集,乡愁淡淡月牙勾。
黄花几万丛经眼,白发三千丈裹头。
都市已无蛩合唱,更须骚客啸成秋!

(二〇〇三年十月十二日)

秋夜沉思

人添短鬓雪千茎,树落新凉叶一庭。
身上月光抓不住,梦中风景说难清。
收藏入砚星空阔,点击成诗露水轻。
自在书生谁管得?放飞遐想满苍冥!

(二〇〇三年十一月三日)

甲申春节即兴

流光似水被谁分?切割为年又一春。
指下历书翻到甲,灯前窗格映成申。
倾杯谈我心憎爱,握笔寻伊梦幻真。
堪笑诗人仍念旧,小园花草亦怀新!

(二〇〇三年十一月十二日)

夜吟

灯儿歇息月儿陪,清澈心泉潋滟杯。
追梦流连伊一笑,吟诗陶醉我千回。
何妨自语常如絮,不信相思只化灰。
古往今来人对话,满天星斗是传媒。

(二〇〇三年十一月三十日)

春园即兴

林园漫步久沉思,万物纷纷各趁时。
细草皆知争雨露,斜阳也爱抹胭脂。
羡他老权生新叶,笑我朱腮长白髭。
小醉不妨吟兴健,才添感悟即成诗。

(二〇〇三年十二月一日定稿)

游窦圌山①

沧海何年耸翠峰?满岩鹅卵石玲珑。
松摇绝壁今栖鸟,洞吐闲云昔舞龙。
耕者依然居画境,游人到此带仙风。
千秋堪羡青莲句,媲美山川造化功。

(二〇〇三年十二月二十五日于四川江油)

【注】
① 窦圌山在四川省江油市,李白少年时有句咏此山云:"樵夫与耕者,出入画屏中。"

题江油太白楼

我欲邀君共举觞,谪仙今夕醉何方?
大川雄岭飘诗意,朗月清风散酒香。
天上不能容傲骨,人间毕竟要刚肠!
登楼千古心相接,穿越时空一啸长。

(二〇〇三年十二月二十五日于四川江油
二〇〇四年一月十日改于上海)

访杜甫草堂

沿溪问路步匆匆,屋上茅飞剩几重?
摇竹清风传逸响,临池瘦石立衰翁。
花缘客至留香久,鸟为春望吐语工。
莫笑书生居广厦,还来觅句草堂中。

(二〇〇三年十二月二十六日于四川成都
二〇〇四年一月三日定稿于上海)

对月

翩翩围绕地球飞,似水柔情暗恋谁?
枕畔清光堪拥抱,花间倩影屡追随。
思乡独对霜千里,忆友同看镜一枚。
科学已知天上事,诗人仍想入非非。

(二〇〇四年二月十四日)

初春戏笔

春风带电到江南,击活溪流击醒山。
闪闪繁花初点亮,毛毛细雨半吹干。
诗心渐暖飞窗外,灵感微麻颤笔端。
梦片情丝皆导体,书生自笑绝缘难!

(二〇〇四年三月五日)

思友

一自萍踪偶擦肩,千峰秋色顿缠绵。
点燃遐想枫林叶,飞泻诗行峡谷泉。
尘海何妨多落寞,梦乡堪慰有婵娟。
相思积压如山重,写出相思却似烟!

(二〇〇四年三月二十二日)

春游记事

堪喜书生心态佳，春游遍访野人家。
唤醒残梦林间鸟，灌醉遐思岭上花。
短信手机传好句，粗瓷茶碗试新芽。
吟朋转瞬来消息，即兴诗逢几处夸！

（二〇〇四年三月二十二日）

炎黄文化颂

五千年戏始炎黄，汇演神州大剧场。
汉字能歌传雅韵，唐诗善舞著霓裳。
历朝才俊频移步，昨夜星辰共聚光。
时代又需新角色，登台锣鼓正铿锵。

（二〇〇四年三月三十一日）

游春即兴

三月寻春到水乡，殷勤莺燕导游忙。
花光乱灌诗心醉，波影轻摇客梦长。
千缕情丝垂作柳，一怀愁绪插成秧。
东风自绿门前草，不管他人鬓上霜。

（二〇〇四年四月一日）

龙华寺赏牡丹（并序）

应照诚住持邀请，与诗友到龙华寺观赏牡丹，并商量今后雅集之事。有一百六十年花龄的牡丹一株，余即席口占两绝，以作初次雅集甲申牡丹诗会之发端。诗云：

来共春风带笑看，名花未必在深山。
诗人陶醉千年寺，小别红尘赏牡丹。

柳色青青燕影斜，寻芳信步到龙华。
谁知四大皆空地，百岁深藏富贵花！

（二〇〇四年四月三日）

"人诗意地居住在大地上"

智者之言甚启予：人须诗意地球居。
倾心听海抒情曲，翘首看云即兴书。
能变庄周能变蝶，不贪熊掌不贪鱼。
尘寰异类皆同类，彼此相亲各自如！

（二〇〇四年四月六日作，十二月三十日改）

沁园春·寄友

初夏江南，雨后微凉，月浸小庭。正闲临碑帖，挑灯洗砚；遥思吟侣，倚竹看星。天地精神，山河灵气，岂只风流外在形？焚香罢，展《秋歌》墨迹，一见心倾。　　纤纤指下堪惊，挟无数苍凉雨雪声。悟自然妙趣，藏奇于拙；人生大笔，举重如轻。骚客襟怀，哲人思辨，都是儿童真性情。天籁曲，向毫尖纸面，细诉生平。

（二〇〇四年四月二十五日）

中年感觉

一路登攀不放松，目标犹在白云中。
谁知忽到青山顶，前后难寻向上峰。

（二〇〇四年四月二十六日）

送　别

来时握手去回眸，一别牵心又几秋？
孤寂满堆书案上，相思遍挂柳梢头。
诗题红叶情弥热，酒兑清辉味更稠。
自恨人生不如意，聚多离少是奢求。

（二〇〇四年五月六日）

咏新茶

都市何来幽壑风?清香飘满小楼中。
寻源忽见茶盅里,一片新芽一翠峰!

(二〇〇四年五月十日)

题老君山自然生态保护区

白泉轻抚石,碧草乱攀崖。
都市人来此,欢呼到氧吧。

(二〇〇四年五月二十八日于洛阳栾川)

咏老君山大小瀑布

倾听飞泉已着魔,青山交响乐章多。
游人心底留天籁,吟出非诗也是歌。

(二〇〇四年五月二十八日于洛阳栾川)

登洛阳老君山

险路铺云足底揉,丹崖翠壁擦肩头。
诗人不到奇峰顶,一啸安能贯斗牛?

(二〇〇四年五月二十九日于洛阳栾川)

与诗友雨中望老君山

泼墨丹青一望开,君山伊水共情怀。
从今万缕栾川雨,洒到江南梦里来!

(二〇〇四年五月三十日于洛阳栾川)

习　墨

纸上烟云笔底澜,浦江何处泊风帆?
心舟不系繁华岸,一砚池波是港湾。

(二〇〇四年六月六日)

都市暴风雨随笔

七月黄昏流火斜,骄阳翻脸忽收霞。
黑遮天际云垂幕,白涌街头雨绽花。
几处灾情倾瓦柱,一怀愁绪系桑麻。
小车如艇穿梭过,夜泊依然近酒家。

(二〇〇四年七月十五日)

题成吉思汗庙二绝句

(一)

石马迎风欲脱缰,大汗铜塑眼生光。
谁知只识弯弓辈,治国箴言刻满廊!

(二)

大漠风干草半黄,庙前何忍说兴亡。
生灵无数成枯骨,换个强梁作帝王!

(二〇〇四年七月二十八日于内蒙古乌兰浩特)

游镜泊湖

艇飞湖面起风波,剪碎天光云影多。
游罢归来看碧水,依然一片镜新磨。

(二〇〇四年八月二日于牡丹江镜泊湖)

题地下森林

火山张口作豪吟,前吐熔岩后吐林。
一万年来情起伏,地球胸揣是诗心!

(二〇〇四年八月二日于牡丹江镜泊湖)

兰亭即兴

古亭风澹宕,峻岭竹扶疏。
到此吟成句,临池不敢书。

(二〇〇四年八月二十八日于绍兴)

访西施故里

浣纱石耸浣江旁，人掬清波指带香。
笑靥满池莲叶美，离歌绕殿水声长。
朱衣紫绶皆雄杰，侠骨冰心是女郎。
倾慕岂徒惊绝色，一生家国系柔肠。

（二〇〇四年八月二十九日于诸暨
二〇〇四年九月三日定稿于上海）

谒陈三立先生①墓

钱塘江畔小山沟，来谒先生土一抔。
劫后残碑书姓号，吟边清气忆风流。
诗人骨劲高坟草，志士心凉峻岭秋。
感愤萦怀返都市，呼天我亦上危楼！

（二〇〇四年八月三十日于杭州）

【注】
① 陈三立字伯严，号散原。墓在杭州钱塘江畔，九溪附近。其《除夕作》诗云："殷市箫笳又换年，危楼许我仰呼天。"

西溪荡舟

柔橹声中梦影长，来寻秋雪古庵堂。
船娘指点芦花岸，惊起翩翩鹭一行！

风月残痕剩几多？放舟轻剪旧时波。
蜻蜓不管游人换，款款飞来立小荷。

（二〇〇四年八月三十日于杭州）

瞻仰谭嗣同故居

心泉欲沸宅门凉，百感书生久抚墙。
旧制摧枯曾溅血，豪言振聩尚萦梁。
土常无奈埋英骨，笔却多情写热肠。
归去忽添慷慨梦，头颅掷地自铿锵！

（二〇〇三年九月十二日于湖南浏阳
二〇〇四年九月十日定稿于上海）

秋夜游白马湖

远别尘嚣外，来亲万顷波。
窗移山影淡，水聚月光多。
夜曲蛩轻奏，秋香桂细磨。
归来都市梦，犹载一船歌。

（二〇〇四年九月十七日于湖南娄底涟源白马水库）

题古轩亭口

仰瞻河汉聚群英，降到人间有几星？
化作红颜留石像，凝成碧血染轩亭。
低垂花草仍含怨，高压霜风尽带腥！
远客扪碑良久立，细看斑斑雨痕青。

（二〇〇四年九月二十二日于绍兴
九月二十八日定稿于上海）

戏题井冈山

泉挂危崖闪泪花，群山血染夕阳斜。
当年播下星星火，已化红灯遍酒家！

（二〇〇四年十月二十八日于江西）

井秀山庄月下即兴

观天坐井冈,夜咏喜新凉。
米酒浇肝胆,溪风举袂裳。
饱餐山影秀,深吸月光香。
诗侣倾谈罢,归携梦一囊。

(二〇〇四年十月二十八日夜于江西)

登滕王阁戏作

朱帘画栋水泥楼,乱拍栏杆未散愁。
汽笛喧时惊鸟雀,江波涸处耸沙丘。
请缨才子今安在?唱晚渔舟久已休。
只恐后人重读序,错疑王勃善吹牛!

(二〇〇四年十月二十九日于南昌
十一月十日定稿于上海)

甲申立冬

满城温湿带腥风,不信今朝已立冬。
只有此心冰雪冷,四时藏在玉壶中。

(二〇〇四年十一月九日)

题南阳武侯祠

羽扇纶巾何处寻？山风澹宕野云深。
一从抱膝移来石，终使镌碑耸作林。
功有两朝堪报主，士须三顾始掏心。
吾侪自幸无知遇，醉卧高楼啸到今！

（二〇〇四年十二月九日）

当选中华诗词学会副会长，戏作长句

吟坛大选得"官"归，忧国书生位不卑。
名片数行衔带长，酒浆三盏脸增辉。
几时风俗无污染？随处寰球有病危！
指点江山责权重，白衣卿相事堪为。

（二〇〇四年十二月九日于北京
二〇〇五年二月五日上海改稿）

京华访友

渭北江东春复秋，京华冬访梦长留。
摩肩街树怜清影，握手冰风感热流。
银汉几星能遇合？尘寰何物不沉浮！
堪珍一点灵犀在，冷月遥牵两地眸。

（二〇〇四年十二月十二日于北京
十二月十六日改稿）

甲申岁杪即兴

日历随风次第掀，频飘梦影向灯前。
鬓毛秋色兼冬色，肝胆中年似少年。
书正满床争我宠，梅犹斗雪惹人怜。
寒宵写下琳琅句，往事休教只化烟！

（二〇〇五年一月四日）

乙酉春节写怀

几度尘寰疫袭人，直将毛羽当瘟神。
呼呼海啸方施暴，喔喔鸡啼又闹春①。
天缺再无娲石补，年丰须对地球亲。
书生未唱清平调，愧送屠苏酒入唇。

（二〇〇五年一月十六日）

【注】
① 近年来发生疯牛病，遂大量杀灭牛群。发生"非典"，遂大量杀灭果子狸。发生禽流感，遂又大量杀灭鸡群。

元旦收看维也纳新年音乐会①

感受荧屏异域情，醉人弦管绕梁鸣。
梦摇河水成蓝色，心入森林作鸟声。
支枕手敲蓬嚓嚓，临窗笔走仄平平。
迎新曲里诗吟就，字字翩跹舞步轻。

（二〇〇五年一月一日收看，一月十六日作，
四月一日改）

【注】
① 每年元旦维也纳举办新年音乐会，演奏施特劳斯家族所作的圆舞曲，有《蓝色的多瑙河》《维也纳森林的故事》等名曲。

上元遣怀用荆公韵

旷怀佳节与谁同？传递心声待好风。
鞭炮煽情喧海内，汤圆包梦煮锅中。
独吟何处无明月？对话千年有放翁。
今夜星辰须细读，此诗原创是天公。

（二〇〇五年二月二十三日乙酉年正月元宵）

重访老宅有感

岁月亲情惹梦思，短檐深巷夕阳迟。
当年淡饭粗茶日，竟是人生最乐时！

（二〇〇五年三月一日作，九月二十九日改）

咏 梦

无限时空里，飘飘作梦游。
阴阳难阻隔，今古可交流。
化蝶人同在，生花笔自由。
闲来独支枕，一瞬即千秋！

（二〇〇五年三月十一日）

乙酉春日到龙华古寺赏牡丹二绝句仍用前韵

（一）

楼耸如林已厌看，踏青寻水又寻山。
春藏佛法门墙内，笑了桃花笑牡丹。

（二）

日月轮番寺外斜，年年瑶蕊绽龙华。
不知尘世人争富，几个能开百岁花？

（二〇〇五年三月十四日）

春夜风雨雷电交加，戏作

急雨惊雷折嫩枝，东君一怒不仁慈。
从今识得春风面，也有龇牙咧嘴时！

（二〇〇五年三月十五日）

金缕曲·赠王选

　　小序：王选是我童年、少年和青年时代的芳邻和挚友。近年来，她为揭露和控诉日军当年在中国的细菌战罪行，罄其积蓄，到处奔走，调查事实真相，搜集诉讼材料，把日本政府告上东京地方法院，被中央电视台评为二〇〇二年度感动中国的十位人物之一。值此纪念抗日战争胜利六十周年之际，有怀故人，忽忆当年共读纳兰性德《金缕曲·赠梁汾》时情景，遂亦填同调之词远寄，句虽不工，情却甚真。

　　历史非儿戏。到如今，火曾玩过，债须偿矣！胜利重温六十载，葬了法西斯蒂。魂未散，寻尸附体。天下识君宜感动，一红颜，拍案荧屏里。声激愤，影纤细。　　心泉欲沸黄河水，有当年，先驱碧血，老乡热泪。现代高楼凌云笔，遍写金迷纸醉。抬望眼，秋风又是。人类旅途多险阻，地球村，恐怖何时已？神社畔，鸽惊起。

（二〇〇五年三月二十五日）

"新天地"①戏咏

登斯楼也夜朦胧，谁识门墙旧影踪？
人醉新潮天地里，月窥老式弄堂中。
酒吧灯闪星星火，歌手香摇滚滚风。
多少腰金衣紫客，不成仁却已成功！

（二〇〇五年四月三日）

【注】

① "新天地"在上海市卢湾区，紧邻革命圣地"一大"会址，是一片民居风格的旧式里弄建筑，今为高级时尚休闲之商业场所。夜夜香车宝马，觥筹歌舞，据传此处消费价格昂贵为沪上之最。

清明戏作

红染桃林绿染波，春风无奈纸灰何？
百思不解人间事，一到清明鬼影多！

（二〇〇五年四月五日乙酉清明节）

与友人春游江南水乡古镇

嫩绿轻红一路迎，心情天气两晴明。
枝头遍写春诗意，桥下频传水笑声。
小食飘香争客户，新茶回味话人生。
踏青随口吟成句，恰有飞来燕子听。

（二〇〇五年四月五日乙酉清明节于七宝古镇
四月十日改）

暮春雷雨之夜作

红愁绿惨不容违，随意东君手一挥。
云际轻传雷滚滚，窗前小扣雨霏霏。
园花缄默今宵瘦，野草欢腾到处肥。
见惯荣枯人旷达，朗吟新句送春归。

（二〇〇五年四月三十日）

吟诗达旦口占

豪情欲宣泄，铺纸乱涂鸦。
砚蓄三江水，心斟七碗茶。
吟诗声破晓，追梦影成霞。
小巷人添乐，箪瓢不必奢！

（二〇〇五年五月八日）

访明岩寺怀寒山子[1]

雨洗空山岚气香，白云藏寺翠岩凉。
吾心皎洁如何说？化作飞泉挂石梁。

（二〇〇五年五月十九日于天台）

【注】
① 寒山《吾心》诗云："吾心似秋月，碧潭清皎洁。无物堪比伦，教我如何说？"

雨夜宿寒山湖度假村

山村犬吠起炊烟,野渡无人系钓船。
烹胖头鱼留客醉,住茅草屋傍湖眠。
两三阵雨来窗外,四五行诗到枕边。
不是繁莺啼晓树,书生好梦已逢仙!

(二〇〇五年五月十九日清晨于天台)

戏题济公故居

袈裟破旧有谁怜?济困扶危不计年。
做了助人为乐事,高僧也被说成颠!

(二〇〇五年五月二十日于天台)

金缕曲·梦游华夏

昨夜游华夏。阅山川,高低平仄,满囊诗也!万壑千岩皆妙句,竞秀争奇斗雅。挥洒处,瀑飞泉泻。豪放大江东流去,有宏篇,一气呵成者。风雨泣,鬼神讶! 梦回衾枕烟岚挂。起披衣,兴浓于酒,味甘如蔗。流水行云堪细读,此是天然白话。须愧煞,人间吟社。我欲手持绿玉杖,路漫漫、做个行空马。遍九域,纵情写。

(二〇〇五年五月二十三日)

送女儿参加高考

二〇〇五年六月七日至九日送女儿参加高考,考场在新虹桥中学。校门口人头攒动,都是殷切望子成龙望女成凤的父母们。有感而赋七律一首。

成龙成凤梦难除,掌上谁非可爱珠?
眷眷目光门外聚,沙沙笔迹案头书。
此时犹舐投怀犊,明日终飞展翅雏。
先父送儿情景在,几回追忆泪模糊!

(二〇〇五年六月九日)

初夏漫笔

春园谁换景?入夏叶初浓。
梅雨倾城白,榴花泼眼红。
赋闲三径草,送爽一帘风。
忽忆伊人伞,曾撑小巷中。

(二〇〇五年六月二十一日)

酷暑夜读书

天张炽热网恢恢，我坐危楼卷帙开。
汗向五千年洒去，风从九万里吹来。
哲人思辨飞成瀑，骚客心声响作雷。
谁及书生一瓢饮，纳凉随处是瑶台！

（二〇〇五年七月八日）

来今雨轩饮茶步晓华原韵

欲避京都燥热侵，偶然相伴坐槐阴。
沏来杯底青芽立，话到城头赤日沉。
新纪雀鸦声似旧，前朝风雨句传今。
人间有几清闲地，能遣秋花落满襟？

（二〇〇五年八月十七日于北京饮茶，八月二十日奉和）

登庐山

足踏青山顶，手扪天上萝。
见闻林鸟熟，分合野云多。
叶掩人成土，江掀史有波。
苍茫劲松在，仍唱大风歌。

（二〇〇五年八月十九日于庐山九月九日改稿）

与诗友同游石钟山

诗侣飘然至,同游意气倾。
喂鱼翻锦浪,击石响钟声。
风卷云天白,江浮岸树青。
相看忽惆怅,怕说别离情。

(二〇〇五年八月二十一日于江西石钟山)

题浔阳楼

九派烟云起,奔腾入小窗。
古今多少笔,到此蘸长江!

(二〇〇五年八月二十二日于江西九江)

五台山游后步晓华原韵

名山济济遍莲台,袅袅香烟散未开。
举世索求增我虑,私心肿胀遣谁裁?
大千物种频先灭,不二地球难复来。
安得五峰抽巨掌,击醒人类莫添灾!

(二〇〇五年八月十四日游八月二十五日作)

中秋戏作

天挂银盘光灿然，世人无计兑成钱。
只今唯有中秋月，金屋蓬门一样圆！

（二〇〇五年九月十七日）

兰亭即兴

堪笑诗人鬓已丝，学书几度访鹅池。
少年曾想从戎去，到老难投笔一支！

（二〇〇五年十月十七日于绍兴）

秋 兴

吟翁无奈性情何，岁岁霜天发浩歌。
残照入怀豪气在，秋风吹梦壮游多。
人生丹桂心头绽，历史银河砚底磨。
自信诗笺非落叶，掷江成石不随波。

（二〇〇五年十月二十一日）

灯下漫笔

自主头颅不受牵,帝王遥控也无权。
梦中寻觅人三二,灯下穿行岁几千。
万卷书围起丘壑,一支笔扫出云烟。
诗家心比官家直,揽月扪星敢问天!

(二〇〇五年十一月九日)

遣 兴

月又东升日又西,南飞乌鹊为谁啼?
人生有味多吟草,梦境留痕是哑谜。
感慨且斟三盏酒,牢骚已闭两唇皮。
时邀千百年间客,肝胆灯前共一披!

(二〇〇五年十二月三日)

书 生

书生力与霸王同,不拔山兮别有功。
多少心头沉重事,轻提轻放入诗中。

(二〇〇五年十二月十八日)

话 别

小泊今宵一叶船,人生聚宴即离筵。
豪情未减中年后,烈酒还倾老友前。
已惯江湖开笑口,不妨风雨耸吟肩。
相逢时短无须恨,纵是恒星也化烟!

(二〇〇六年一月十七日)

夜读达旦

展卷浑忘夜已深,灯前拍案朗声吟。
爬搔痒背来神爪,揩拭灵台见佛心。
残月忽收千树白,朝晖又送一楼金。
不知窗外今何世,车马倾城起噪音。

(二〇〇六年一月十七日)

雨 夜

剥啄连声入梦催,忽疑窗外故人来。
风多失落频深叹,云有襟怀未畅开。
密密相思湿花树,霏霏回忆满池台。
瓦沟檐溜弹心曲,谁是知音识此哀!

(二〇〇六年一月二十二日)

许连进寄诗来赋此作答

江东飞雪日,南国寄春来。
堪喜瑶笺句,临窗化作梅。

(二〇〇六年一月二十八日)

与友人游七宝古镇

酒幌茶帘引客趋,带香春雨湿吟须。
急撑花伞穿桥过,去品清蒸白水鱼。

(二〇〇六年二月二日丙戌元月初五)

观看电视

书生自掩扉,又送夕阳归。
小室观屏幕,寰球满是非。
闻灾常溅泪,看戏偶舒眉。
时尚堪忧处,奢豪举世追!

(二〇〇六年二月十四日)

读书戏作

风呼云涌赴危楼,助我书斋汗漫游。
访古忽飞千载上,览奇常立万山头。
来回思绪超光速,起伏心情带电流。
能作自由王国主,无须入世觅封侯!

(二〇〇六年三月十八日)

春来忽晴忽雨,与诗友小聚崇明岛上饮茶谈诗

诗心几个聚崇明,话到推敲即共鸣。
小碗绿芽千片耸,长江白浪一壶倾。
超音思绪飞唐宋,带电才情写仄平。
今夕不闻窗外事,随他春雨变阴晴。

(二〇〇六年三月十八日)

患糖尿病戏作

李杜诗篇久品尝,句中甘味入膏肓。
书生愈老愈风雅,"鸟"病得来还带"唐"!

(二〇〇六年三月二十九日)

咏 马

追风千里一何骄①！认定瑶池作目标。
好马腾骧凭自主，无须更待九方皋。

（二〇〇六年四月一日）

【注】
① 李白诗："胡马一何骄。"

春暮垂钓即兴

几树轻阴绿抱团，一池红雨泣春残。
人生不似花飞急，犹得从容把钓竿。

（二〇〇六年四月三日）

题茆帆山水长卷

羡君作手墨淋漓，信笔拖山引水奇。
心共吟秋高士醉，眸随唱晚小舟移。
静听泉石清神骨，深吸烟岚洗肺脾。
我忽成仙能变化，此身飞入画中栖。

（二〇〇六年四月八日）

赠黄飞鹏

学诗初识禹王台，十载称兄道弟来。
渭北烟云舒复卷，江东花树谢还开。
君迷衰草寒鸦句，我慕冰河铁马才①。
列坐无须分少长，一般心态似提孩。

（二〇〇六年四月十八日）

【注】

① 飞鹏爱秦淮海词："山抹微云，天粘衰草，画角声断谯门。""斜阳外、寒鸦万点，流水绕孤村。"都是秦观《满庭芳》中名句。我爱陆放翁诗："夜阑卧听风吹雨，铁马冰河入梦来。"是陆游《十一月四日风雨大作》诗中名句。

韩国为金退庵在中国桐庐严子陵祠堂畔立碑，感赋七律一首寄釜山金柱白教授

两先贤聚富春江，山更崇高水更长。
碑上月光添皎洁，祠前树影送清香。
千秋此地渔矶在，一瞬当年霸业亡。
负笈来游心健羡，结庐安得钓台旁！

（二〇〇六年四月二十二日）

"五一"劳动节即兴

平生勤恳不蹉跎,爱唱蜂儿采蜜歌。
数十年来劳动惯,每逢"五一"自豪多!

(二〇〇六年四月二十三日)

题徐谷安画

小桥流水月牙西,门外轻舟窗外鸡。
几步短檐深巷路,长牵乡梦忆孩提。

(二〇〇六年四月二十九日)

游新场古镇

饱览沧桑路不遥,驱车片刻到东郊。
旧时盐碱沙滩地,已长新场水蜜桃!

(二〇〇六年七月十九日)

夏日午睡

微风细草香,苍竹碧桐凉。
日影投林碎,蝉声引昼长。
居闲常化蝶,睡美不亡羊。
多少无眠客,终生为底忙!

(二〇〇六年八月六日)

上海诗词学会迁至龙华寺办公已一年多,余骑自行车往返,途中吟得一律

吟坛奔走日匆匆,世俗轻诗笑我疯。
稳驾单车穿闹市,畅开双袖纳清风。
心飞幻境能知乐,身在禅林未觉空。
倘得人间添好句,书生即建济时功!

(二〇〇六年八月九日)

酷暑夜难以入眠，戏作

上帝高烧日，人间火气升。
硝烟味难减，臭氧洞弥增。
安得银河水，皆成绿豆冰。
清凉天下客，携手地球乘。

（二〇〇六年八月十三日）

游香港

维多利亚港湾游，恰值回归九度秋。
衣袋叮当掏硬币，已难寻见"女王头"[①]。

（二〇〇六年八月二十五日于香港）

【注】
① 铸有英女王头像之旧硬币多被铸紫荆花之新硬币替代。

重阳登高戏作

佳节登高话小康，秋风广厦已平常。
诗人都比黄花胖，只为心宽不断肠。

（二〇〇六年十月八日）

戏咏官袍

酒痕油渍满官袍,防腐全凭觉悟高。
捂在黄梅天气里,细看何处不生毛?

(二〇〇六年十月二十六日)

龙华寺塔影苑赏桂

霜钟余响满林阴,秋色含香一径深。
墙角无人仍吐蕊,小园丹桂有禅心!

(二〇〇六年十月二十七日)

秋游西溪湿地即兴

流连溪畔湿皮鞋,胜逛洋场十里街。
社会何须寻别策?人心到此自和谐!

(二〇〇六年十一月二日于杭州)

秋夜西溪泛舟

舟剪柔波夜，尘心觉露滋。
气清涵碧宇，地湿近瑶池。
浪漫风鸣曲，朦胧月写诗。
翩翩襟袖舞，游伴有仙姿。

（二〇〇六年十一月二日于杭州

二〇〇七年六月改稿于上海）

残荷

寂寞迎斜日，苍凉立浅池。
叶枯枝挺拔，不改旧时姿。

（二〇〇六年十一月十四日）

赠陶月琪老师[1]

春风陶醉少年郎，解惑柔声满课堂。
梦里师生乌鬓在，不添岁月一丝霜。

（二〇〇六年十一月二十六日）

【注】
① 二〇〇六年十一月二十六日，在比乐中学六十周年校庆会上遇初三时语文老师陶月琪，一别四十二年，当年二十五岁的女教师今已六十七岁，十七岁的学生今已五十九岁矣！

冬日遣怀

昔盼躬耕五柳边，老耽闲散小楼眠。
梧桐缄默谙兴废，鸦雀唠叨诉变迁。
窗外冻云方酿雪，灯前热茗自飘烟。
寸心多少相思字，植入诗笺当种田。

（二〇〇六年十一月二十九日）

丙戌冬日重访老宅

斑驳门墙里，缤纷有梦埋。
亲情留晚照，记忆长青苔。
月已窥新主，风犹扑旧怀。
童年屋边树，移植入诗栽。

（二〇〇六年十二月八日）

老右派自述

忽神忽鬼忽蛇牛，二十三年几度揪。
吐罢真言罹大祸，飞来高帽陷阳谋。
新莺已唱清平调，老树难忘动乱秋。
痛史何年如实写？莫教冤案总无头！

（二〇〇六年十二月十三日作
二〇〇七年一月十日改）

戏咏梦中情人

昔学灵均欲驾龙，高丘有女苦追踪。
距离生美今方悟，只愿情人在梦中。

（二〇〇六年十二月十五日凌晨三时）

圣诞夜与诗友聚会大理崇圣寺步大凡韵

大刹同围小火炉，气氛恰共性情符。
旷怀未肯随人老，清议何妨与世殊！
我向苍山三叩首，谁能洱海一提壶？
书生自愧平安夜，忧患蒸黎只醉呼。

（二〇〇六年十二月二十四日游
二〇〇七年一月十五日凌晨三时作）

大观楼前与诗友饮茶

各随云迹西南聚，共向天光上下观。
手为饲鸥抛食急，心因觅句饮茶宽。
回思动乱谁之罪？解读和谐不必官。
短信长联千古事，休教一字未吟安！

（二〇〇六年十二月二十八日于昆明
二〇〇七年一月三日改于上海）

大观楼前与诗友饮茶步晓华韵

豁眸烟水大观多,人鸟同从楼畔过。
岁暖西山无密雪,日迟南国有繁柯。
高原茶已微微醉,精品诗须细细磨。
我自感恩兼感悟:地球如手要常呵!

(二〇〇六年十二月二十八日游
二〇〇七年一月十五日晨七时作)

咏蜡梅

隔院忽闻浓郁香,透窗方见淡黄妆。
一身清气风传递,不必枝丫尽出墙。

(二〇〇七年一月十六日作二月十七日改)

冬日看电视有感戏作

冻云布阵逼楼尖,人守荧屏雀守檐。
聒耳空谈风片过,揪心焦点雨丝添。
贼捐赃款常行善,仆享高薪正养廉。
尘世急需防腐剂,雪花何日为飘盐?

(二〇〇七年二月六日)

访金陵李香君旧居

过夫子庙避人群，访媚香楼披夕曛。
相伴秦淮河燕雀，同瞻汉白玉钗裙。
桃花扇面长凝血，神女生涯已散云。
莫为清流深扼腕，名场几个胜侯君！

（二〇〇七年二月七日于南京，二月十六日改稿）

殡仪馆随想录四绝句

（一）

行程到此是归期，驿站终须道别离。
一路几多亲友去，车厢渐觉熟人稀。

（二）

有去无回独远航，天宫地府在何方？
可怜逝者如斯地，回首浮生为底忙！

（三）

百年辛苦有谁知？业绩辉煌入悼词。
人生无奈如秋叶，拼到金黄是落时。

(四)

大厅忙碌唱"阿门"！哀乐回环欲断魂。
生者不如亡者静，依然哭笑地球村。

（二〇〇七年二月二十七日作，三月八日改定）

与诗友登北固山多景楼

翩跹忽化鹭鸥群，三二相亲江水滨。
山带春痕堪眷恋，花添诗梦更缤纷。
狂奔白浪争雄急，雅集黄莺斗曲新。
穿竹拂帘风窃喜，高吟又遇性情人。

（二〇〇七年三月二十七日于镇江，三月三十日改）

丁亥龙华寺赏百年牡丹赋两绝句用甲申年原韵

旖旎春光古刹看，风葩露蕊傍仙山。
不知几个焚香客，清福能修到牡丹？

红衣金缕蝶蜂斜，绰约风姿展露华。
富贵一年能几日？踏青来问牡丹花。

（二〇〇七年四月三日）

六十述怀

岁月峥嵘逆境多，今逢耳顺意如何？
三千尺瀑胸间泻，六十年星鬓角罗。
身倦未妨陪酒圣，性真频易动诗魔。
眼前长夜难消遣，万古回眸一刹那！

（二〇〇七年四月六日作，八月二十三日改）

赠童自荣

配音何止誉申城，一听人人不陌生。
数十年来深巷里，小窗传出"佐罗"声。

（二〇〇七年四月十三日）

题何积石《民族魂·历代名人名句印集》

排开百枚印，案上耸成林。
今古诗魂在，风来石共吟。

（二〇〇七年四月十三日）

读萧甫春《汉字学论稿》赋感

汉字争妍处，书生欲醉时。
象形皆貌美，会意更神驰。
塞北传新论，江南寄小诗。
始知君与我，一样为伊痴！

（二〇〇七年四月十七日）

题《五人行》①

南英五人集，开卷姓名谙。
纸上千行句，灯前一夕谈。
纵吟留美刺，追梦记辛甘。
共处尘嚣里，无诗何以堪？

（二〇〇七年四月二十二日）

【注】
① 《五人行》的作者为福建晋江的洪源修、洪祖林、洪君默、苏振达、洪祖灶。

题青城山天师洞

寻访天师洞，千年迹未荒。
风生泉鸟韵，雨带草花香。
狐鼠犹称仆，神仙莫下岗！
不知张道士，何处捉妖忙？

（二〇〇七年五月二十三日于四川）

游剑门关

峥嵘巨石半空排，千古风云入壮怀。
历井扪参谪仙去，骑驴冲雨放翁来。
剑门犹插双锋刃，诗国今存几斗才？
天险地雄休怯步，啸吟正要此徘徊。

（二〇〇七年五月二十四日于四川

七月十一日改稿于上海）

"六一"儿童节即兴

记得当时年纪小，书摊一坐便忘归。
连环画里童心乐，满脑张飞与岳飞。

记得当时年纪小，唐诗一百首常看。
几回默读童心悟，珍惜盘中粒粒餐。

（二〇〇七年五月二十六日于四川峨眉山上）

与诗友宿戒台寺①

书生潇洒八方来，醉墨狂吟卧戒台。
健笔可随松活动，闲身且让佛安排。
花摇鬓影添谁梦？风啸心声畅我怀。
满寺苍龙腾欲起，细看蟠曲尽雄才！

（二〇〇七年六月二日于北京，六月十九日改定）

【注】
① 寺内多名松，有活动松、卧龙松、自在松、九龙松、抱塔松等。还有二百年以上花龄之牡丹十九株。

重过老宅

日晒风吹梦未枯，童年叶片绿扶疏。
此身如树移栽去，记忆须根扎旧庐！

（二〇〇七年六月三十日）

书斋漫兴

饥餐渴饮闭门栖，散漫书生不受羁。
笔落即随心跳动，梦飞常与世游离。
添佳句胜新封爵，得异书轻暴富儿。
自信砚池非死水，星河无际共涟漪。

（二〇〇七年八月一日）

游园漫兴

过雨庭园着色屏，趁凉清赏挈茶瓶。
野花夹径匆匆紫，砌藓攀墙缓缓青。
拾得奇思如获宝，吟成新句似添丁。
荷塘未觉诗翁老，翠盖红衣尽妙龄。

（二〇〇七年八月二日）

观新旧诗坛现状，戏作

形式纷争口舌劳，诗坛新旧两萧条。
散装劣酒瓶装水，各向人前自诩高！

篇章散漫思如泉，格律森严气若山。
新旧体诗何所似？青春痘与老年斑。

（二〇〇七年八月八日）

泰山纪游

云自腾挪风自抟，忽晴忽雨阅层峦。
缆车直达三千界，霄壤中分十八盘。
泉似顽童皆任性，松成老朽尚封官。
少陵佳句摩崖上，此是巅峰不可攀！

（二〇〇七年八月十四日于山东泰安
八月三十日改于上海）

登蓬莱阁

碧海丹崖次第看,入云高阁远尘寰。
风摩鲸背频掀浪,雨带龙腥忽洗山。
灯塔千秋照舟楫,蜃楼一瞬耸波澜。
八仙真有神通在,长治人间得久安!

（二〇〇七年八月十七日于山东蓬莱
　　八月二十八日改于上海）

访山东章丘李清照故居

瑞脑香残梦可追,故居红瘦绿仍肥。
深通音律泉吟句,善解风情柳蹙眉。
雄杰已稀何况女,词宗堪匹更能谁!
帘儿底下君应在,盛日听人笑语飞。

（二〇〇七年八月十八日于山东济南
　　八月二十八日改）

与女儿旅游,戏作

女儿放假约同游,打点行装兴顿遒。
水秀山明聊驻足,天高地迥共驰眸。
两瓶饮料分甜淡,一路谈资杂喜忧。
堪慰交流代沟小,花龄花甲似朋俦。

(二〇〇七年八月二十四日作
八月三十日凌晨改)

戏咏唐僧师徒四绝句

唐 僧

管理阶层地位殊,深谙念咒不含糊。
斗妖无胆兼无识,整治徒儿有紧箍。

孙悟空

耍遍天宫与佛门,频翻筋斗笑猢狲。
故乡花果山多好,还去当啥弼马温!

猪八戒

戏言几句落猪身,只怨嫦娥太较真。
恨未投胎时尚世,会调情是好男人!

沙和尚

西行辎重一肩挑,不为升官不为钞。
试问当今公仆辈,几人风格有他高?

(二〇〇七年九月十七日)

看电视纪录片《傅雷》感赋

少日痴迷傅译书,忘餐废寝灌醍醐。
不平脑海风掀浪,已涸心田水跳珠。
完美一生存个性,尊严九死举头颅。
斯人饱受谁之罪,实事今能说是无?

(二〇〇七年九月二十六日)

退休生活琐记

一箪清淡一瓢纯，消遣流年善养身。
量压尚容诗入梦，测糖已减酒沾唇。
流连网上逢新雨，寻觅书中见故人。
朗月斜阳不须约，自来自去若芳邻。

（二〇〇七年十月一日作，十月九日改）

偶　作

危楼趺坐与僧同，共我翻书天外风。
冷月残阳为道友，去来皆在不言中。

（二〇〇七年十月六日）

丁亥重阳登高抒怀

仰观俯察倚江楼，雨后酸风冷射眸。
天竖穹隆一鸡卵，世争蛮触几蜗牛？
擦肩奔淌时间液[①]，洗脑翻腾信息流。
独上悠悠还独下，欲寻蟋蟀共吟秋。

（二〇〇七年十月十八日）

【注】
① 科学家认为时间也是物质，称之为"时间液"。

丁亥九日登龙华塔用杜牧《九日齐山登高》诗韵

登高思绪伴云飞,秋色斑斓白发微。
雨润黄花新蕊吐,风吹丹桂旧香归。
少年未可轻朝露,老境何妨剩夕晖。
堪羡上苍真作手,地衣铺就织天衣。

(二〇〇七年十月十二日作,十月十八日改)

题滁州琅琊山醉翁亭

车去车来度假村,山中秋叶落纷纷。
醉生梦死官无数,几个醒能述以文[①]?

(二〇〇七年十月二十三日于安徽滁州,十一月十九日改)

【注】
① 欧阳修《醉翁亭记》中有句云:"醉能同其乐,醒能述以文者,太守也。"

观晋剧《傅山进京》①感赋

一曲铿锵动九霄，回肠荡气吐狂飙。
傅山已进人心里，形貌声情即谢涛！

（二〇〇七年十月二十六日夜）

【注】
① 太原市实验晋剧院青年剧团在上海逸夫舞台上演《傅山进京》，谢涛演傅山，声情并茂，唱做俱佳。

今日都市印象

万花筒转影缤纷，都市疯狂变脸勤。
老宅败鳞残甲土，新楼光怪陆离云。
生财有道先锋队，享乐无门弱势群。
谁酿贪泉成国酒？太多心态醉醺醺！

（二〇〇七年十一月九日作，十一月二十五日改）

大学老同学聚会，戏作

同窗一别廿年余，刮目相看地位殊。
昔以鬈毛长脚唤，今须局座总裁呼。
达穷标志人成败，贫富形成气短粗。
顶戴花翎添异彩，几乎淡忘旧头颅！

（二〇〇七年十二月十四日作，十二月十八日改）

迎财神戏作

鞭炮今宵炸碎春，红千紫万落星辰。
只求迎得财神后，共做珠光宝气人。

（二〇〇八年一月一日）

诗社纪事戏作

事务成堆几大箩，仆夫装卸久奔波。
不堪重负惊回首，挤坐车中领导多！

（二〇〇八年一月九日）

见墙角小草葱茏可喜，感赋

生存已到最边缘，墙角何妨翠且鲜？
不羡花坛多雨露，远离争斗享清闲。

（二〇〇八年一月十日）

有感

诗外功夫练入魔，钻营倾轧起风波。
鼠狐何啻官场有？今日吟坛也自多！

（二〇〇八年一月二十五日）

雪中漫笔

冰心一片怕趋炎，冒雪行吟兴却添。
大野杀青云脚底，小园飞白树眉尖。
热昏头脑寒能醒，浑浊名场洁被嫌。
鸦雀噤声封冻后，独留骚客口难钳。

（二〇〇八年二月二日）

戊子春节代鼠辈拟贺岁词

轮值人间又一遭，和谐原则正时髦。
不分黑白休伸爪，与鼠相安是好猫！

（二〇〇八年二月七日戊子正月初一）

看电视纪录片《梁思成林徽因》感赋

精英有志事难成，先觉先知舛一生。
报国壮怀空激烈，护城梦想竟夷平。
流星频溅文明泪，落日长牵传统情。
试看他年华夏史，谁留反面教员名[①]！

（二〇〇八年二月十三日作，二月十八日改）

【注】
① 五十年代初梁思成被批判，"文革"中身心受到严重摧残，并被钦定为"没有用处，但可以养起来"的"反面教员"。

塔影苑留别（并序）

上海诗词学会秘书处自乙酉年初春迁往龙华寺塔影院办公，在染香楼前几度举办牡丹诗会，戊子正月余辞去秘书长之职，临别效白乐天《西湖留别》诗，赋一律呈照诚方丈。

小楼深院久流连，惜别风铃响耳边。
宝树不须牵两袖，佛恩只许驻三年。
梦藏塔影长怀旧，心染花香顿悟禅。
落拓书生堪庆幸，已同方丈结诗缘。

（二〇〇八年二月十八日）

戊子年戏咏鼠

饱食无忧枕自高，官仓鼠辈正闲聊。
商量成立基金会，救助街头流浪猫！

（二〇〇八年二月二十七日）

春日遣兴二律

（一）

东君唤我出蜗庐，漫步林园胜读书。
云雀为春传短信，雨花连夜换新符。
闲翻蕉叶童心在，静听松风俗念除。
溪畔拄筇聊乐水，浑忘逝者若斯夫！

（二）

踏青灵感即成珠，绝胜闲斋死啃书。
莺燕试声鸣小曲，草花调色渲新图。
且逢春雨先尝笋，莫待秋风始忆鲈。
至性至情宜养拙，学优则仕是迷途！

（二〇〇八年三月十六日至三月二十一日）

赠四川诗友

聚时肝胆一披襟，别后江头江尾吟。
交友最难如水淡，也知人面也知心。

（二〇〇八年四月二十五日赴川火车上）

咏瀑布寄赠友人

洒脱无羁出碧山,平生际遇有波澜。
跳崖何惧翻跟斗,碰壁还知急转弯。
进退情怀均可乐,忙闲境界两能安。
自由自在流低处,不学人心向上攀。

(二〇〇八年四月二十五日赴川火车上得句
　四月二十八日夜半成诗于广元市凤台宾馆
　四月二十九日夜半改于苍溪县梨都宾馆)

吊北川诗友①

欲赋招魂痛彻脾,北川诗友竟埋泥!
几行中已频停笔,一载前曾共举卮。
造化江山真易改,骚人本性定难移。
层云叠岭多平仄,遍是诸君旧品题。

(二〇〇八年六月十日改定)

【注】
① 二〇〇七年五月与北川诗友在四川金堂聚会,原拟赴北川,后因雨毁道路,未能成行。

与诗友游江阴

借得天公一日晴，黄梅季节喜同行。
大桥钢索牵星斗，要塞壕沟忆甲兵。
珍惜浮生人偶聚，沉吟胜景鸟先鸣。
海头江尾挥诗笔，欲向洪波蘸激情！

（二〇〇八年六月十二日于江阴，六月二十三日改）

看电视纪录片《陈寅恪》①感赋

燃尽馀生点滴油，自由思想焰长留。
目盲不碍追真理，骨折依然顶俗流。
狂热教唆人学兽，愚蒙管制士成囚。
当权实事求非惯，求是精神即寇仇！

（二〇〇八年六月二十九日作，七月十六日改）

【注】
① 陈寅恪暮年双目失明，大腿骨折。他为人和治学提倡"自由之思想，独立之精神。"

答诗友

十年留一梦,回首对孤灯。
昔是过河卒,今成退院僧。
跳梁人有恃,伏枥我无能。
戏笔常逾矩,从心写爱憎!

(二○○八年七月一日作,八月十九日改)

六十初度读旧作有感,用黄飞鹏祝寿诗韵题句

翻开飞瀑集,回首若为情?
六十年风雨,重来纸上听!

(二○○八年七月十一日)

正式办理退休手续

人能耳顺即心宽,进退从容步未艰。
加四十年方算老,有三千卷足消闲。
生存梦似过驹隙,造化恩须报雀环。
两鬓青丝初褪色,小诗吟出更斑斓。

(二○○八年七月二十三日)

两鬓焗油戏作一绝

旋看斑白转乌鲜,形象工程到鬓边。
也学当权遮丑陋,花钱粉饰太平年。

(二〇〇八年七月二十八日)

暴风雨之夜

黑云今夕欲摧城,多少人家屋漏声?
卷石风狂乔木脆,扑窗雨猛大楼轻。
地因浸泡皮将蜕,天尚阴沉气未平。
每到困危思广厦,历来无用是书生!

(二〇〇八年七月二十八日作,八月五日改)

读史

问鼎中原孰正邪?鱼龙变化漫咨嗟。
历时未满三千载,多少人称万岁爷!

(二〇〇八年七月二十九日凌晨二时作,七月三十日改)

秋日遣兴

夕雨晨风暑退烧,悲哉气不减逍遥。
看书目力灯须近,寻梦头颅枕自高。
白菊有心添淡泊,碧梧无计避萧骚。
诗翁把握秋机遇,急趁新凉警句敲。

(二〇〇八年八月十五日)

时空遐想

几十亿人乘地球,似纤埃入太空游。
银河系在乾坤里,也是汪洋一叶舟。

地球围绕太阳旋,秋月春花弹指间。
宇宙又随何物转?一轮回是几光年?

秒针滴答自悠悠,送走青春不可收。
未见光阴生两腿,竟能疾步擦肩溜。

圆圆组合地天开,宇宙洪荒自剪裁。
我觉时间在旋转,若干年后会重来。

(二〇〇八年八月二十日定稿)

沈阳回龙寺听古琴演奏

小聚金秋古塔旁,琴音袅袅带茶香。
拨弹心曲倾银汉,卷送思潮到盛唐。
云为动情频滴露,树因多感遍凝霜。
片时穿越千年梦,顿觉人生况味长!

(二〇〇八年九月二十一日晚于沈阳
九月二十六日改于上海)

戊子重阳登高

登高气爽涤胸清,次第烟光扑眼明。
云向山前争暮色,树于霜后吐秋声。
感恩黄土宽怀抱,效法苍天好性情。
饱暖书生心不足,诗囊四季问收成。

(二〇〇八年十月六日戊子重阳前一日)

武夷山九曲溪漂流即兴

远别尘嚣到武夷,丹崖碧水悟禅机。
人生竹筏须撑稳,欢快漂流九曲溪。

(二〇〇八年十月十七日于武夷山)

远眺夕照下之武夷山,吟成一绝留别

岩茶饮罢涨心潮,惜别残霞似火烧。
我与群峰无语立,一齐披上大红袍[①]。

(二〇〇八年十月十八日暮于武夷山)

【注】
① "大红袍"是武夷山的名茶。

咏恐龙蛋化石群

洪荒旧址觅遗踪,悲悯情怀蓦地浓。
一亿年前多少蛋,可怜成石未成龙!

(二〇〇八年十月二十七日于河南南阳)

题南阳卧龙岗

不见高岗有卧龙,草庐依旧野云浓。
布衣报主无多力,三顾赢来一鞠躬!

(二〇〇八年十月二十八日于河南南阳)

秋谒衢州孔庙

雨洗苔痕古木苍,金风迎客到红墙。
进门吟诵先师语,满口书香与桂香。

大成门对小城开,络绎游人乱踏苔。
不亦乐乎夫子笑,几经打倒客还来!

(二〇〇八年十一月五日于浙江衢州)

咏龙游石窟

石窟千年水一潭,沉淹历史积疑团。
游人何必求其解?神秘从来最好看!

(二〇〇八年十一月六日于浙江龙游)

附:《少年习作》

风雨夜

独坐凄清夜,孤灯伴寂寥。
云随风色暗,雨压树声高。
天上长河泻,心中烈火烧。
何当投笔去,挥剑斗狂飙?

(一九六六年三月七日)

酷暑夜戏作(选二)

月晕昏黄夜似蒸,热风吹汗倍淓淓。
地球今在锅中煮,谁是堆柴点火人?

臭汗如浆浃背流,三更剧热渴思秋。
何当一雨新凉至,会看欢腾遍九州!

(一九六六年八月五日)

西园

独步西园恨意浓，叶肥花瘦怨东风：
吹开吹落缘何事，不使群芳四季红？

（一九六六年八月十三日）

自京返沪车上作①

串联才到京华地，电报急来查出身。
一道金牌传勒令，儿家红袖起愁云？
中南海水长萦梦，北国风光自可人。
未忍匆匆离别去，倚窗车上望烟尘。

（一九六六年十月十六日于返沪火车上）

【注】
① 与向明中学同班同学傅蛟兴、张象明、马正中、潘克勤、徐彩珍、罗来升、虞福年等到北京串联，其中有人家庭出身为高级职员，在上海的革命同学以某红卫兵组织的名义发来电报，勒令我们一行立即返沪，同学家中也有信来，扰得大家心神不定，不得不决定回沪。

杭州感慨

十景于今一扫空,湖边飘舞战旗红。
断碑颓壁青山里,败叶残荷绿水中。
西子堪惊成丑女,杭州谁信是天宫!
白沙堤上沉吟久,政绩何年得复同?

(一九六七年一月十六日于杭州)

在上海碳素厂战高温劳动三个月,烧大炉,每月报酬十八元,戏作

为求革命立新功,手舞煤锹做短工。
鼻里洞天常漆黑,炉中世界却通红。
三班睡眼无醒日,九转饥肠有响虫。
堪喜月薪元十八,两囊从此不空空。

(一九六八年八月十三日于上海吴泾)

醉书三首

（一）

尝遍人间酒最亲，数杯能换自由身。
醇香未染蝇营臭，澄澈不沾凡俗尘。
穷士一瓢居陋巷，谪仙千盏戏权臣。
诸君莫笑狂夫醉，世上清醒有几人！

（二）

不求权贵不求天，人世天堂在酒泉。
琼海吸干长入梦，玉山倾倒自成仙。
何妨得意轻神鬼，岂肯循规学圣贤？
秉烛浮生能有几，更须寻醉一酣眠。

（三）

岂因衰病惜微躯，我是天生一酒徒。
醉眼昏时寰宇小，愁肠洗后俗尘无。
银河高泻黄花酒，明月遥倾白玉壶。
造物无私助豪饮，狂夫酩酊更何拘？

（一九七一年三月十三日至十五日）

读《堂吉诃德》

昔闻奇传记痴名,一读方知公独醒。
举世相嘲宜自笑,古风将没有谁兴?
三番出马雄心壮,每处陈词妙语生。
大智若愚人不识,至今抚卷意难平!

(一九七一年六月十五日)

雨夜不寐

去年送客逢春雨,水涨清溪蘸石桥。
今夜不眠缘底事?独听春雨涨心潮。

(一九七二年四月六日夜)

春日杂兴二绝句

(一)

柳绽花开色未匀,风光仍似去年春。
可怜造化丹青手,炼意从来不创新?

（二）

红嫩黄娇倚翠阴，浅深花树响幽禽。
几经风雨浑看惯，懒为春光更费吟。

（一九七二年四月七日）

新年书感

掀开日历逢元旦，岁月如驹指下逃。
十载烟云翻脑海，三更风雨卷心潮。
青春易向愁中老，壮志难从病里消。
圯上何人知孺子？不甘无用卧逍遥。

（一九七七年一月二日晨）

当代诗词创作漫谈

——在北京诗词学会中青年诗词创作座谈会上的发言

当今时代，何谓"诗人"？记得有个诗人说："诗人是商品时代苦苦坚持赠送礼品的人。"说来真有点悲壮！我们自费印刷出版诗集，到处送人，还不大有人要。我们苦苦赠送礼品，居然不受欢迎，其中一个重要的原因是：我们的诗词不是精品。诗被冷落了，远离了以政治为中心的官场和以经济为中心的市场，诗成了"弱势群体"。

"五四"新文化运动，创造了新文学，产生了白话新诗。这是不可磨灭的功绩。然而，一些先驱者对于传统诗词采取了全盘否定乃至打倒的态度。十年浩劫中，传统文化、中华诗词更是到了奄奄一息的时刻。中华诗词在长达一个世纪的漫长时期，基本上处于生存、发展的极端困难的境地。先驱们呼喊要废除中国戏剧，废除中医中药……今天我们打算申报为非物质文化遗产的宝贝，当年全成了先驱们深恶痛绝、必欲置之死地而后快的革命对象。幸好到了今天，国画不叫旧画，古琴不叫旧琴，中药中医不叫旧药旧医，国粹京戏不叫旧戏，中国书法也不叫旧书法。然而，旧体诗词，叫旧诗，常常带有贬意，一直沿用至今。我们不必责怪近百年前的先驱们，但是如果百来年后我们还是这么认为，我们就有点发昏了。

如今，有些人提出要振兴中华诗词，甚至提出要拯救中华诗词。我觉得，汉字不灭，中华诗词就不会亡。汉字的音、义、形，美轮美奂，举世无双。诗词在演绎汉字的音、义之美，书法在表现汉字的字形之美。我总感到是中华诗词拯救了我，我可拯救不了中华诗词。如果没有中华诗词，我不知今天如何活法？我是把中华诗词当作自己的事业，信仰，宗教。聂绀弩、胡风、李锐当年关在监狱里还在创作诗词，出发点恐怕不是为了拯救中华诗词，当时他们自己生命的存活都发生了问题，应该说是中华诗词拯救了他们，使他们终于度过了劫难。

今天，中华诗词渐渐在走出低谷。报纸上见过许多名人、领导的诗词，赫然冠名"七律""满江红""沁园春"……除了凑成字数长短排列外，都是一些与七律、满江红、沁园春毫不相关的文字。一些知名度不低的作家，也写旧体诗词，却写得叫人啼笑皆非。谁要是上绿茵场不守规则乱踢足球，参加象棋比赛不照规则乱走棋子，一定会被人赶出场外。唯独旧体诗词不然，对于标榜为旧体诗词却不按旧体诗词规则写出的文字，大家（包括外行内行）照样捧场，大报、大刊照样开绿灯刊用。在这些人眼里，旧体诗词的规则可以说改就改，说废除就废除，有的人说这是"改革"，有的人说这是"大众化"，有的人说这是"适应时代的需要"。旧体诗词自己不会说话，只好任凭世人踩躏、作践、糟蹋、玩弄，到头来还要依靠世人来"拯救"，来"从良"。

在上海的一次诗歌研讨会上，有人提出，鲁迅说过好诗到唐代已经被写完了，所以当代的人不必再写了。我说：阁下是写游记散文的，到现在似乎也没有写出一篇《滕王阁序》《岳阳楼记》《前赤壁赋》那样的经典作品来，看来好的游记散文到王勃、范仲淹、苏轼已经写完，阁下也不必再写游记散文了！这几位是写长篇小说的，写到现在也没有写出《三国演义》《儒林外史》《红楼梦》来，好的长篇小说到罗贯中、吴敬梓、曹雪芹已经写完，你们也不必再写长篇小说了！那几位是写文学评论的，写到现在也没有写出《文心雕龙》《诗品》来，好的文学批评到刘勰、钟嵘已经写完，你们也不必再写文学评论了。我们生活在当代，为什么我们的诗会被古人写完？我们的前辈创造了科学文化艺术的高峰，不应成为我们故步自封、停滞不前的理由。我们确实有辉煌灿烂的唐诗，使我们作为中华民族的后代引以为自豪。可是不能因为我们的前辈写过好诗，我们自己就丧失了继续写出好诗来的信心。为什么世人对于中华诗词的要求就如此苛刻？我觉得，我们应该理直气壮地创作诗词，我们会写出当代的诗词精品来！

  会上又有人说：唐代有那么多的好诗，为什么当代人写的好诗我一首也没有读到过啊？我发表看法：唐诗流传到今天有《全唐诗》，大约五万多首。可是真的为今天有中等文化水平的人所熟悉的作品，恐怕也只有几百首，而能被一般的老百姓所熟悉并朗朗上口背得下来的恐怕就只有一二十首了。唐王朝近三百年，如果以流传下来并为当代人耳熟能详的好诗有三五百首计，一年也就大约只流传一两首。这就是我国诗歌的黄金时代了！据统计，当代有几十万人创作诗词，每天有五万首诗词诞生——相当于《全唐诗》的总数！以每天五万首乘以三百六十五天，得出的简直是一个天文数字。在这个天文数字的诗词作品中，如果有一两首诗（词）能够流传后世，我们的诗词就像唐诗一样辉煌！看来，谁在当代就能读到这一两首将来会流传的好诗，比中福利彩票的大奖还难哩！所以说，当代有诗词精品，可是绝对不会铺天盖地。

　　创作格律诗词，我有几位长期的读者，这是我熟悉的几位有中等文化水平、喜欢阅读各种文学作品（包括诗歌），但自己却不写诗词的友人。每次写出诗词，让他们成为第一读者。他们说不懂，就改到他们懂。他们说不好，就改到他们认为好。一直改到他们觉得有意思并认为满意为止。当年白居易将自己的作品读给老妪听，这"老妪"们恐怕也不会是一点文化修养也没有的群体。这实在是当今诗词创作者极需重视的问题。作者群体的作品交流当然很重要，但这仅仅是类似于厨师之间的学习交流，都是免费品尝，有许多人还带一点门户之见。只有在圈子以外有食客愿意掏钱品尝你做的菜肴，你这才能真正开成饭店。当今诗词界，作者就是读者，读者就是作者，甚至许多作者还不愿当读者，作者只管写，也不管谁要读，写了许多合格律但去诗甚远的绝句律诗，却埋怨读者不懂诗。这样的诗词创作现状，实在堪忧。哪一天诗词界的小圈子（即使有号称一百万的创作大军，也只是一个小圈子）以外也有了诗词读者，当代诗词才真正有社会价值，中华诗词事业的振兴就真有希望了。

　　我十四岁买了《诗词格律》《唐诗一百首》《宋诗一百首》《唐宋词一百首》，开始写格律诗词。从此一年一两首，或一年十几首，写了三十多年。到一九九六年，我已经五十来岁。人生的经历，有许多感想、感慨、感悟，想写出来，想来想去决定采用诗词这个形式。一天中午饭后从单位出来溜达，在静安寺的一家报刊门市部买到一本《诗刊》，见到有旧体诗词高级培训班，马上报名参加。不久收到杨金亭老师的回信。杨老师看了我二十来岁到五十来岁写的诗，说我写诗的水平三十年在"原地踏步"。于是我每月寄三首诗，一学就是四年，可算是诗词"本科"毕业了。一共寄了一百四十四首诗，杨老师精心点评批改，对我帮助极大。这些批改稿件我现在都完好保存着。杨老师说我学了四年，很努力，终于突破了一次自己。

通过诗词创作，我总结了自己的经验和体会，写出了《诗词创作的"金字塔"理论》一文。现在择其要谈一谈。我们可以先画出一个三角形，从上到下分成三等分。

三角形最下一部分是技术层面。包括平仄、粘对、拗救、押韵、对仗等。这个层面的功夫是熟练工的本领。人们的审美情趣原则有一个基本的要求，就是要有变化，避免单调的重复。汉字一字一形，一字一音，字分四声，读来抑扬顿挫，分成两大类，平和仄。就像《易经》中分成阴爻和阳爻两大类，分别组合成六十四卦，演绎天地万物，变化无穷。平仄声的交替是诗词中最基本的一种变化。一句中平平后是仄仄，仄仄后是平平，要"交替"，这是为了每一句中产生变化。两句中上句平平仄仄，下句是仄仄平平，上下要"对"，这是为了两句产生变化，否则两句会重复。两联中的前一联的下句第二个字与后一联的上句的第二字要"粘"，如果不粘，则前一联和后一联完全重复。这是平仄"交替""对"和"粘"的理由。

对仗有对称美，但也要在同中求异，不断变化。对仗不要字字求工，主要部分对得工整了，其他就不要太工整。有经验的诗人往往宽中求工，即在诗句中着意锤炼几个关键的字或词，使之对得非常工整，其他的部分就不必十分严谨。押韵可以用"平水韵"，也可以放宽，用普通话新韵也无不可。其实诗词好坏并不是由押何种韵决定的，大可不必非要争得某种韵的正统地位后才吟诗填词。为此争得面红耳赤有点"劳命伤财"。

　　三角形的中间一个部分是艺术层面。包括意象、意境、语言风格、章法布局等。诗要形象思维。就是有了一个好的意思不直接说出来，却找一个"形象大使"来说话。屈原在《离骚》中，以美人芳草为"形象大使"，来抒发对国家的热爱和对理想的追求。有了意象，就要有语言跟上，写到位。袁枚在《随园诗话》中引有一段话："凡人作诗，一题到手，必有一种供给应付之语，老生常谈，不召自来。若作家，必如谢绝泛交，尽行麾去，然后心精独运，自出新裁。及其成后，又必浑成精当，无斧凿痕，方称合作。"要成为一个诗人，必须要具备驾驭语言文字的能力。语言要有一种"熟悉的陌生感"，要做到这点很不容易。古代流传至今的一些唐诗名篇，大多读来通俗易懂，语言新鲜得就像是昨天才写的，不像当代有些人的旧体诗词，倒反而像是几百年前写的。诗的句式、用典、章法，都是需要不断变化才能创新的。心里有美好的感情，就像有了一泓清澈的源泉。有这种美好感情的人都可以写诗。但是你如果把这泓泉水随便地打开，就像打开一个自来水龙头一样，水是哗哗地流出来了，可是一点也不美。你必须让这泓泉水流入石头和草木构成的景致之中，使之忽隐忽现，有时曲折，有时跌宕，有时闻其声不见其水，这样便成了一道靓丽的风景。这才是诗！通常的"造景"程序的规律是"起承转合"。但是各人有各人的造景手段和风格。如果只有一种模式，那就成了批量生产的商品，绝对不是诗。戏法人人会变，各有巧妙不同。变数越多，越精彩，吸引的人会越多。会三十六变是猪八戒，会七十二变是孙悟空。老孙还有很多妖魔鬼怪打不过，可见艺术没有止境。又要会变，又要变出美来被人承认并且欣赏。

　　三角形最高的小尖角部分是哲学层面。包括诗人的见识、襟怀、思想。掌握了技术层面和艺术层面的手法就像是学会了酿酒术，不要以为无论什么水都能酿出美酒来，关键的问题是有没有"好水"。只有优质的泉水加上精湛的酿酒技术，才能有美酒诞生。诗人的"心泉"在某种意义上说是来源于天赋，所以古人说："诗有别材，非关书也。"有了哲学层面的内容，所有的艺术，包括音乐、雕塑、绘画、舞蹈、书法等，甚至自然科学，都可以进行对话和互相交流。有了这个层面的内容，诗词作品给予人们的东西，可以比生活给予人们的更多。诗词创作者呕心沥血，是为了用极为简练的汉字，高度概括最丰富的思想感情。如果没有这个层面，那么，所有的艺术创作者，都只能成为匠气十足的熟练工。诗人如果没有哲学的思考，没有人生的感悟，没有自己的真知灼见，诗人也就成了诗匠。如果诗词创作不能上升到哲学层面，就没有了较高的立意，那么以上所说的技术层面的打造和艺术层面的雕琢，都成了空忙，只能够打造出平庸的诗词作品来。诗人表现的思想是积极的，抒发的感情是健康的，说理的逻辑是正常的。诗人要感情丰富，思维敏锐，见识不凡，头脑清醒。有了哲学层面的认识，诗人才会有天人合一的精神，悲天悯人的情怀，地球是人类和万物的共同家园的思想境界。诗人会充满忧患意识。忧患意识也常常是诗词创作的重要动机之一。纪昀评论陆游的《书愤》两首诗时说："此种诗是放翁不可磨处。集中有此，如屋有柱，如人有骨。如全集皆'石砚不容留宿墨，瓦瓶随意插新花'句，则放翁不足重矣！"诗人不是不能写风花雪月，但是全写雕栏玉砌，就像只有砖瓦，而无梁柱，总造不成像样的房屋来。陆游说："位卑未敢忘忧国。"当今社会堪忧者正多：国堪忧，民堪忧，市场堪忧，官场堪忧，环境堪忧，生态堪忧，地球更堪忧。诗人的忧患意识应该比世人稍稍拔高一些，超前一些。如果当今诗人，只忧晓风残月，甚或饱食终日，无忧无虑，则诗人不足重矣！要达到哲学层面的高度，诗人们有各自的人生经历和感悟方式。现在提倡和谐社会。和谐社会并不是诗人都不发牢骚了，诗人发牢骚，其实是好事，宣泄出来，才能平和。牢骚埋在心里不发，表面和谐了，其实只是一种假象。

  诗词创作要有一个"临帖"的过程。人们只知道书法创作有个临帖的过程，否则路子太野，会缺少书卷气。总不会有人看了一些王羲之、米芾、王铎的帖，一字不临，提起笔就搞起书法创作来。诗词创作的"临帖"过程，却往往被诗词创作者所忽视。所以许多诗词爱好者，读了些诗经楚辞、唐诗宋词，提起笔就创作诗词，却老是进入不了诗词的语境,把白话语言硬性压缩增删,符合平仄要求,以为就是诗词,其实离开诗词的语言要求还远。我创作诗词"临过帖"。先是"临"陆游的"帖",《剑南诗稿》我读了好几遍,后来"临"元好问、杨万里、黄仲则,这对我创作诗词影响极大。后来我又学习新诗的手法。我不写新诗,只写旧体诗词,但是我多年来一直自费订阅《诗刊》、《诗选刊》、《星星》这些新诗刊物,学习新诗新颖大胆的意象塑造和语言错位手法,获益非浅。新诗和旧诗这对难兄难弟,在被世人看不起的情况下依然互相看不起对方。新诗的作者看不上旧诗的形式,有酒不愿意装进旧瓶,宁可将好酒散装,让人闻到酒香,却难以永久储藏,成了"散装酒"(也有很多劣质酒)。旧诗的作者却收藏旧瓶成癖,瓶中注满水以为已经有了好酒,成了"瓶装水"。

  诗词创作有三大快乐。一是创作的快乐。有了感想、感慨、感悟,写出来,写到位,绝对快乐。这是有钱也买不到的快乐。二是知音的快乐。写出来的诗词,居然有人阅读,有人欣赏。知音必须包含两个方面:说我的诗好能说到位,说我的诗不好也能说到位。这都很快乐!三是小名小利的快乐。我们都是凡夫俗子,没有那么清高。小名小利,不必追求,但是如果有奖金和稿酬,来者不拒,照单全收,未尝不可。我们创作诗词,有了第一大快乐,足矣!再有第二大快乐,锦上添花,更好。第三大快乐,可有可无,不必当一回事,更不能当成第一大快乐。我们写诗,写的时候要认认真真当一回事,写完就不要当一回事,因为没有你的事,都是读者的事了。可是现在有许多的人，颠倒过来了：写诗时不当一回事，一气呵成，一挥而就。写完后当一回事了，又是求发表，又是买奖杯，宣传炒作，忙碌得很。

杨逸明

二〇〇六年十二月二十三日于北京